오늘은
울어도
됩니다

우리들의 애도 이야기

# 오늘은 울어도 됩니다

유혜진 지음

상실의 아픔은 누구나 있습니다
슬픔은 표현될 때 치유됩니다
오늘 흘려야 할 눈물을 참지 마세요

## 슬픔 중에 있는 당신 곁에 있겠습니다

바른북스

붉은 노을이 지면 하늘나라로 가신 엄마 생각에 항상 눈물이 난다는 분과 상담을 한 적이 있습니다. 학창 시절 가장 친했던 친구의 자살을 경험하고 나서, 떠나간 그 친구를 가슴에 묻고 오랫동안 슬퍼했던 분도 있었습니다. 추운 겨울, 아버지를 보내고 난 뒤 평생 아버지를 미워했던 자신을 용서할 수 없다던 분은 아직까지도 내내 제 마음에 남아있습니다.

우리는 살아가면서 각기 다른 상실을 경험합니다. 눈에 넣어도 아프지 않을 자녀를 자신보다 앞서 보내는 어머니의 슬픔은 그 어떤 상실보다 힘에 부칩니다. 남편을, 또는 아내를 잃고 나서 울지도 먹지도 못하던 분이 상담실에 찾아와 꺼이꺼이 울던 날엔 저도 그분과 함께 많은 눈물을 그저 쏟아냈습니다.

상실을 겪은 후에는 애도의 시간이 우리 모두에게 꼭 필요합니다. 아픔과 슬픔의 눈물을 참아서도 안 되고, 지연시켜서도 안 되며, 다른 대상으로 바꾸려고 해도 안 됩니다. 그저 슬프면 슬픈 대로, 아프면 아픈 대로 우리의 눈물이 마를 때까지 우리의 울음을 멈춰선 안 됩니다.

슬픔의 오늘이 매일 반복될지라도 오늘 하루 우리 베개가 다 젖을 때까지 울어도 됩니다. 그렇게 충분히… 애도의 시간을 통과하시길 바라는 마음입니다. 애써 바쁜척하지 마시고, 힘겹게 눈물을 감추지 마시고, 그저 스스로를 위로하고 스스로에게 시간을 주십시오.

광야와 같은 그 시간을 통과하고 나면 다른 이를 위로하고 세워줄 수 있는 힘이 어느덧 우리 안에 샘물처럼 채워져 있을 것입니다.


그 무엇보다 긍휼과 동반의 마음으로 당신의 모든 아픔까지 보듬어 안아주는 이 책이 되기를… 이 작은 소망을 가을바람에 날려 보냅니다.


햇살 가득한 상담실에서

유혜진 드림

# 상실슬픔에 대하여

「엄마가 휴가를 나온다면」이라는 시가 있습니다. 이 시를 지은 정채봉 시인은 아름다운 동화를 쓰셨던 동화작가입니다. 그의 시에는 어머니를 일찍 여읜 아이의 마음이 고스란히 담겨있습니다. 그래서 어머니가 휴가를 얻어 오신다면 단 5분 만이라도 좋겠다고 합니다. 저는 이 시를 읽을 때마다 매번 눈물이 납니다. '엄마'라는 단어는 단어 자체에 존재의미가 들어있습니다. 엄마를 간절히 그리워하는 정서적 굶주림, 언제나 불러보고 싶은 이름… 단 5분 만이라도 엄마가 휴가를 내어 내게로 왔으면 원이 없겠다는 바람은 어쩌면 엄마를 잃은 모든 이들의 마음일 것입니다.

저도 요즘 엄마가 더욱 보고 싶습니다. 마음속으로 조용히 엄마를 불러볼 때도 엄마 생각에 눈물이 흐릅니다. '좀 더 잘해드릴걸', '한 번 더 안아드릴걸', '고맙다고 한 번이라도 더 말할걸', 엄마가 곁에 없는 지금, 저는 매일 후회를 합니다. 나는 왜 그렇게 모질게 대했을까. 왜 그렇게 차갑게 말했을까. 왜 그때 더 돌보지 않았을까. 후회는 밀물처럼 매번 저에게 왔다가 또 가곤 합니다. 그리고 깊은 그리움을 내내 남겨놓습니다.

저는 어머니와 단둘이 살았습니다. 저의 애도 이야기에는 엄마와 저의 인생 이야기 전체가 들어있습니다. 저의 애도를 이야기하려면 저의 역사를 이야기해야 할지도 모릅니다. 왜냐하면 애도는 상실을 경험한 이의 역사 위에서 그 여정을 지나갈 수 있어야 하기 때문입니다.

어머니를 떠나보낸 후 저는 어린 시절의 맨 처음 기억을 떠올렸습니다. 저의 첫 기억은 제게 중요한 이슈이자 메시지라고 할 수 있지요. 그 기억은 두통으로 머리를 싸매고 있는 엄마를 위해 여섯 살인 제가 밥상을 차려드렸던 기억입니다. 그 기억은 너무도 선명하여 한 번도 제 기억 속에서 사라진 적이 없지요. 제가 커다란 가마솥에 쌀을 씻어 붓고 물을 넣어 밥을 지었습니다. 그때는 아궁이에 불을 때서 밥을 했던 시절이라 여섯 살 아이가 눈물 흘려가며 아궁이 불을 지폈던 기억입니다. 그랬더니 3층 밥이 되었어요. 아래는 다 타고 맨 위는 익지도 않고, 가운데 아주 조금만 겨우 밥 모양을 보였습니다. 그 밥을 떠서 둥그런 양은 밥상에 김치와 수저를 올리고 엄마께 가져다드렸던 아주 효녀(?)스런 기억입니다.

엄마의 반응은 어떠했을까요? 어쩌면 엄마의 반응 때문에 제가 이 기억을 간직하고 있는지도 모를 일입니다. 엄마는 감격하시며 무한 감동을 받으셨지요. 그런 저를 세상에 둘도 없는 효녀로 말씀하시며 집에 찾아오는 이들마다 자랑하셨습니다.

제 마음에서 그 첫 기억이 말해주는 메시지는 '나는 누군가를 돌보는 자'일 것입니다. 엄마를 돌보는 자로서 저의 정체성을 가지게 된 저의 강력한 첫 사건인 것이지요. 그 이후로 줄곧 저는 무의식적으로 '돌보는 자로서의 나'로 살아가게 됩니다. 저도 모르게 말입니다.

애도를 이야기하면서 저의 기억을 이야기하는 데는 이유가 있습니다. 저는 상담실에서 애도상담을 진행할 때도 상실뿐 아니라 그분의 전체 이야기를 듣습니다. 그분의 '이야기'와 전체 역사는 그가 누구인지 말해주기 때문입니다. 그런 과정 속에서 애도의 흐름도 지나가게 됩니다. 우리에게 상실의 경험은 매우 중요하기에 살아오면서 경험했던 상실과 아픔을 나누면서 자기만의 애도를 하게됩니다. 모든 관계와 심리적 흐름, 애착 대상과 여러 경험들, 그리고 해결되지 않은 과제와 지난날의 생채기 난 경험들을 알고 이해하는 가운데 애도 과정도 지날 수 있습니다.



오늘은 울어도 됩니다

# 1) 상실슬픔은 누구나 있습니다

 

우리는 살아가면서 누군가와 만나고 헤어지는 것을 반복합니다. 만남과 이별은 우리 삶의 일부이자 전체가 되기도 합니다. 만남의 대상으로는 사람이 있겠지만 반드시 그런 것만은 아닙니다. 어떤 장소와 공간이 만남의 대상이 되기도 하고 사물이 되기도 하고, 또 가족처럼 함께 했던 반려동물이 그렇기도 합니다. 고향을 떠나 새로운 곳으로 가게 되면 그 또한 만남과 이별입니다. 전학을 가거나 이직을 하거나 졸업과 입학도 마찬가지입니다. 만남과 이별을 경험하면서 우리는 이별 상실을 겪게 되고 상실로 인하여 슬픔을 경험하게 됩니다. 그러므로 상실슬픔은 누구나 있습니다. 그 슬픔의 기간과 깊이는 각각 다르겠지요.

며칠 전 뉴스에서 교통사고로 세상을 떠난 승아의 이야기를 보았습니다. 음주운전으로 인해 초등학생 2명은 경상 1명은 중상,

그리고 승아는 하늘나라로 간 것이었습니다. 승아 가족의 눈물 인터뷰를 보면서 얼마나 속상하고 가슴이 아팠는지 모릅니다. 승아의 어머니와 오빠는 이 충격과 슬픔을 어디에 말할 수 있을까요. 그 비탄과 혼란을 어느 누가 헤아려 줄 수 있을까요. 경험해 보지 않으면 이러한 날벼락 같은 슬픔과 아픔은 공감하기 어려울 것입니다. 불과 몇 분 전에 통화를 하고 문자 연락을 주고받던 딸이 내 앞에서 생명이 꺼져가는 것을 본다면 그 충격과 상실은 어떤 말로도 설명이 어려울 것입니다. 이 세상 둘도 없는 딸, 누가 봐도 예쁜 딸을 하루아침에 잃어버린 아픔인 것입니다. 부디 승아의 가족분이 바라시는 대로 가해자에 대한 정당한 처벌과 다시는 이런 일이 일어나지 않기를 바라는 마음입니다. 또 마음으로라도 이렇게 멀리서나마 같이 아파하며 기도합니다.

결혼 8년 차에 아내를 하늘나라로 떠나보낸 분과 긴 기간 상담을 하였습니다. 1년여간 위암으로 인해 투병생활을 하다가 3명의 자녀를 두고 떠난 아내… 그 아내를 어쩔 수 없이 보내야 하는 남편의 마음은 말로 다 표현할 수 없는 슬픔과 공허함으로 가득 차 있었습니다. 이 땅에서 사랑하는 이를 더는 볼 수 없다는 상실감을 어느 누가 헤아릴 수 있을까요. 경험해 보지 않으면 알 수 없는 슬픔입니다. 죽음으로 인한 이별은 이 땅에서 경험할 수밖에 없는 깊고 짙은 상실입니다. 헤아릴 수 없는 슬픔이자 아픔입니다.

죽음은 지금 이 순간에도 전 세계 곳곳에서 일어나고 있는 사



오늘은 울어도 됩니다

건이고 그때가 정해져 있지 않으며 대상과 시공간을 가리지 않지요. 부모보다 자녀가 먼저 죽을 수 있고, 태어나자마자 죽음을 겪는 신생아도 있습니다. 어떠한 준비도 없이 갑자기 죽음을 경험하기도 하고 스스로 죽음을 선택하기도 합니다. 죽음이란 우리 삶의 일반적인 과정이며 일어났거나 일어날 사실이고 우리도 겪어야 할 일입니다. 그러므로 죽음에 대한 인식이나 죽음의 이별을 받아들임은 삶에 대한 겸허한 공부이기도 하며 내가 누구인지에 대한 정체성을 찾아가는 과정일 수도 있습니다.

죽음이 무엇인가에 대한 물음은 오랫동안 인간이 해왔던 실존적 질문이라 할 수 있습니다. 분명한 것은 삶과 죽음은 연결되어 있다는 것과 누구나 반드시 거쳐야 하는 관문이 바로 죽음이라는 사실입니다. 그러한 죽음에 대한 이해가 삶에 대한 이해와 통찰을 가져오기에 우리는 할 수 있다면 죽음에 대한 통찰이 필요합니다.

우리의 가족이나 소중한 사람이 죽음을 맞이하여 곁을 떠나게 되면 그 죽음은 남의 이야기가 될 수 없습니다. 또한 그 사실에 대해 객관적이고 이성적으로 판단하거나 받아들이기 어렵게 됩니다. 그 죽음은 곧 나의 이야기가 되기 때문이지요. 나의 이야기가 되면 그때부터는 상황이 달라집니다. 슬픔의 모양도, 깊이도, 색깔도, 울음도, 시간도 달라집니다. 나의 상실의 시간은 무척이나 더디 갑니다.

『상실과 슬픔의 치유』의 저자이며 목회상담학자인 미셸과 앤더슨(Kenneth Mitchell and Herbert Anderson)은 인간이 겪는 모든 상실의 종류를 여섯 가지로 분류를 하였습니다. 그것은 물질적인 상실(Material Loss), 관계적 상실(Relationship Loss), 정신 내적 상실(Intrapsychic Loss), 기능적 상실(Functional Loss), 역할의 상실(Role Loss), 공동체 상실(Systemic Loss)이라고 할 수 있습니다.[1]

이러한 상실은 대체적으로 대부분 연결되어 있으며 하나뿐 아니라 다중적인 상실을 동시에 경험할 수도 있습니다. 한 가지 더 추가하면 모호한 상실도 있는데, 실종이나 뇌사 등으로 인한 상실 여부를 판단하기 어려운 상실을 말하기도 합니다.

또한 인간의 욕구이론을 발전시켰던 칼리쉬(Richard A. Kalish)는 죽음에 의한 상실을 일곱 가지로 분류했습니다. 그것은 바로 경험의 상실, 사람의 상실, 통제력의 상실, 능력의 상실, 물건의 상실, 육체의 상실, 꿈의 상실이라고 말합니다. 죽음은 삶의 상실이기도 하나 삶의 존재적 방식이 되기도 합니다. 왜냐하면 죽음의 순간이 그 사람의 삶의 존재적 방식을 보여줄 때가 있기 때문이지요. 어떤 이는 죽음의 순간을 숭고하고 편안하게 받아들이기도 하고, 또 어떤 이는 마지막까지 괴로워하는 경우도 있고, 또 다른 이는 이 세상 어디에서도 볼 수 없는 평안한 얼굴로 죽음을 맞이하는 경우도 있기 때문입니다.

2015년 방송으로 죽음을 다루고 이야기했던 「KBS 스페셜 다큐멘터리-앎」[2]에서는 호스피스 병동에서 오랫동안 일하였던 수녀

---

1　윤득형, 「애도상담의 기본 원리와 목회적 접근」.

2　2015년에 방영되었던 KBS 다큐멘터리. 말기 암 환자들과 그 가족의 죽음에 대한 이야기를 다루었다.



오늘은 울어도 됩니다

들을 대상으로 인터뷰하였습니다. 이 프로그램은 시한부 삶을 사는 말기 암 환자들과 그 가족이 죽음을 향해 가는 이야기를 시간적 서사로 보여주었던 다큐멘터리였는데요, 한 수녀님이 인터뷰에서 했던 이야기가 매우 인상 깊습니다. 그것은 "삶은 개떡같이 살다가 멋있게 죽을 수는 없다"는 이야기였습니다. 이 말이 의미하는 바는 곧 삶의 존재 방식이 곧 죽음의 순간에서도 나타난다는 것을 말해주고 있는 것이겠지요.

죽음은 이 세상에서의 끝이라고 할 수 있으며 또한 시작의 의미도 있을 것입니다. 죽음이 끝이라는 것은 죽음 이후의 세계가 없다고 믿는 사람들의 입장이겠고, 죽음이 또 다른 시작이라고 말하는 것은 죽음 이후의 세계를 믿는 사람들의 입장일 것입니다. 그러나 죽음은 보편적이어서 특별하지 않습니다. 모든 인류, 모든 사람, 모든 생명에게 적용되는 보편적인 경험인 것이지요. 생명이 있는 존재라면 반드시 죽음을 경험하게 되는 것이니까요. 식물이든 동물이든 곤충이든 사람이든 말입니다.

저는 이제 죽음으로 인한 이별에 대해 이야기하려고 합니다. 그것을 사별이라고 하지요. 사별은 가족이나 친구의 죽음을 경험하고 사랑하는 사람의 죽음 후에도 삶에 적응하며 살아가는 것을 포함하는 포괄적인 개념으로 정의됩니다.

『인생수업』의 저자인 퀴블러 로스(Kubler Ross)는 사별이란, 죽음으로 인하여 고인과 이제 더 이상 물리적으로 접촉할 수 없는 상태라고 말하였습니다. 즉 사별은 의미 있는 관계를 맺고 있는 대상을 죽음으로 잃게 되는 경험을 말하며 가족이나 친구, 사랑하는 사람 및 반려동물의 죽음 후 삶에 적응하며 살아가는 모든 과정을 포함하는 개념이라고 할 수 있습니다.

우리말에서 사별이란 뜻은 사랑하는 사람이 죽어서 이별하는 것을 의미하지만, 사별을 의미하는 영어 단어인 'Bereavement'는 소중하게 여기는 사람이나 물건을 빼앗기고 박탈당했다는 것으로써 상실의 의미라고 할 수 있습니다. 또한 사별은 남겨진 가족 구성원의 내적이고 심리적인 과정과 적응, 사별 슬픔의 경험과 표현 관계 및 생활환경 그리고 외부 환경의 변화 등을 모두 포함하는 넓은 개념이라 할 수 있습니다. 그러므로 사별이란, 사랑하는 사람을 잃은 가족과 지인들이 그 대상의 죽음을 예상하는 것에서부터 그 대상의 죽음과 죽음 이후의 적응 등에서 경험하게 되는 여러 경험을 포함하는 확장된 의미로 말할 수 있습니다. 우리가 누군가를 사별했다고 여기게 되면 우리는 우리 자신이 사랑하고 가치 있게 여기는 것을 잃은 상태로 살아간다는 것을 의미합니다. 그렇게 상실의 영향 아래서 사는 것이지요.

개인에게 의미 있는 대상의 죽음으로 인해 영원한 이별을 경험하는 사별은 크나큰 슬픔과 고통을 가져오게 됩니다. 특히 외상후 스트레스 장애에 대해 두 가지 항목에 부합되는 외상성 사건을 이야기하자면, 그 두 가지는 첫째로 자신이나 타인의 실제적인 또는 위협적인 죽음, 상해, 사건 경험, 목격이며 두 번째는 그것으로 인한 심한 두려움이나 공포 또는 무기력을 포함한 개인적 반응이라고 할 수 있습니다.

사실 사별 이후의 삶은 회복이란 개념 자체로 설명하기가 어렵습니다. 그저 사별이란 사실에 익숙해지기 때문에 적응이나 조정이라는 단어가 적합하다고 볼 수 있습니다. 즉 사별 이후의 삶은 얼마나 적응적이냐 부적응적이냐에 따라 일상생활을 해나가는 데 그 속도와 심리적 안정감을 얻는 데 차이가 있다고 할 수 있는 것이지요.

사별은 두 가지 외상적인 상실로 나눌 수 있는데, 자살이나 타살과 같이 갑작스러운 죽음의 외상적인 상실이 있고 만성질환과 같은 어느 정도 예상된 죽음인 비외상적 상실이 있습니다. 갑작스럽게 죽음을 겪은 외상적 상실은 비외상적 상실보다 사별 이후 삶에 적응하는 것이 어려우며 애도 과정에 소요되는 시간 또한 더 걸립니다. 애도 과정과 애도 기간은 사별한 대상과의 관계와 죽음의 형태에 따라 달라질 수 있습니다.

상실을 경험하게 되면 여러 가지 고통스럽고 복잡한 심리적, 감정적, 육체적, 영적, 행동적이고 관계적인 반응들을 보이게 됩니다. 이것을 우리는 비탄과 슬픔이라고 말할 수 있습니다. 비탄(Grief)은 상실 이후 바로 보이게 되는 반응이라 할 수 있으며 이 반응은 자연스러운 것이라 할 수 있습니다. 우리가 소중한 존재를 잃게 되었을 때 비탄하는 것은 당연한 것이라 할 수 있습니다.


존경하는 스승을 사별로 잃은 분이 있었습니다. 그에게 스승의 존재는 하늘 같았습니다. 막막할 때 길을 안내해 주고 언제나 삶의 지표를 보여주는 롤모델이기도 했습니다. 아버지를 일찍 여의 었던 이분에게 스승님은 아버지와도 같았다고 했습니다. 그런 스승을 떠나보내야 하니 하늘이 무너지는 것 같았을 것입니다.

스승을 보내고 난 후 이분에게 이상한 징후가 보였습니다. 인생의 방황이 시작된 것처럼 갈 바를 모르겠더랍니다. 사춘기같이 화가 났다가 원망이 되었다가 낙담이 되었다가를 반복하였습니다. 하나님께 '왜 스승님을 데리고 가셨냐'고 따져 물었답니다. 이분은 도저히 이해를 할 수 없었습니다. 제가 이분을 만났을 때는 비탄과 슬픔으로 애도 반응을 보이고 있었습니다. 그것이 화로, 분노로, 낙심으로, 충격과 슬픔 등으로 이분의 정서가 반복되고 있었지요. 이분이 더 견딜 수 없었던 것은 스승의 부재를 받아들이기 힘든 것이 었습니다. 부정하고 싶은 마음이 강하셨지요. 그러다 보니 감정을 제대로 표현하기도 어려워하셨습니다. 잠도 잘 자지 못했고요. 그러다가 수면장애와 불안증세가 심해져서 상담실에 오시게 된 것이 었습니다. 심장도 매일 두근두근거린다고 호소하셨습니다. 신체적으로도 이분은 애도 반응을 보이고 있었던 것입니다.

사별을 경험하게 되면 남은 분들과 유가족은 충격과 마비, 붕괴, 재구성의 단계로 수용한다고 볼 수 있으며, 일반적으로 사별 경험은 충격과 자제, 침체와 적응의 단계를 거치게 됩니다. 또한 사별 이후 유가족은 충격을 거쳐 무기력해지면서 공상과 현실의 갈등을 보이고 그 후에는 슬픔의 폭발을 나타내기도 하며 날카로운 고통



오늘은 울어도 됩니다

과 연결된 선택적 회상을 지난 후에야 비로소 수용과 긍정의 상태
로 나아갈 수 있게 됩니다.

# 2) 떠나보내는 슬픔, 남은 자의 몫

사별 후 대부분 공통으로 느끼는 증상은 바로 슬픔입니다. 슬픔이란 감정은 사별 후 자연스럽고 극히 정상적인 반응이라 할 수 있으며, 사별이란 충격적 사건에 대응하고 적응하기 위한 필수적인 정서적 경험이라 할 수 있습니다. 만약 정상적이고 건강하게 슬픔의 감정을 취하지 않고 억압하게 된다면 심각한 정서적, 신체적, 나아가 사회적 문제가 초래될 수 있습니다. 왜냐하면 사별 경험은 병리적인 문제가 아니고 누구나 경험할 수 있는 충격적이고 고통스러운 경험이기 때문입니다. 그러므로 사별을 경험한 이들은 치유와 애도의 시간이 꼭 필요합니다.

보통 사별 후 정상적인 슬픔의 시간은 6주에서 8주, 더 길면 2년 이상이 될 수 있습니다. 사별을 경험한 이들은 6개월을 기점으로 사별을 받아들이고 만족스러운 관계를 찾으려고 노력하며 더 나아가 생산적인 일을 시작한다고 봅니다. 그리고 사별 후 1년에서 2년 정도 지난 후에 사별을 수용하면서 자신을 돌아볼 수 있는 마음의 여유를 가지게 되며 새로운 일을 계획할 힘이 생겨나게 됩니다.

아버지와 갑작스런 사별을 경험했던 한 여성과의 상담이 있었습니다. 그녀에게 아버지 사별 이후 슬픔의 시간을 물었을 때, 약 5~6주 정도의 시간이 걸렸다고 하였습니다. 저는 그 슬픔의 시간은 지극히 정상적인 슬픔의 시간이라고 말해주었습니다. 보통의 경우 사별을 겪은 후 우리는 슬픔을 빨리 극복하고자 하는 어떤 탄성이 우리 안에 꿈틀거립니다. 사회적으로 지위가 있는 경우나 남성인 경우 조금 더 일찍 슬픔을 거두려고 합니다. 또한 슬픔이라는 감정이 우리 안에 오래 머물러 있는 것을 우리는 견디기 어려워합니다. 할 수만 있다면 빨리 극복하려고 합니다(아마도 슬픔을 부정적 감정으로 인식하는 한국문화의 원인도 있겠지요). 그러나 되도록 우리는 슬픔에 머물러야 합니다. 사별 후 슬픔의 감정은 정상적이고 건강한 감정입니다. 충분히 떠나보내는 슬픔의 바다에서 헤엄치고 잠수하고 들어갔다 나오는 것을 수없이 반복하며 그곳에 머물러야 합니다. 오히려 떠나보내는 슬픔을 억누르거나 억압한 경우에 여러 문제가 생길 수 있습니다.

우울증을 호소하며 상담실에 찾아왔던 30대 여성분이 있었습니다. 검사 결과 우울 양상이 상당 기간 동안 지속되었음을 알 수 있었습니다. 심리적 문제로는 심한 죄책감과 무기력감을 가지고 있었으며 일상생활을 겨우 유지하고 있었습니다. 그분과의 상담에서 오랜 시간 자신을 괴롭혀 왔던 죄책감의 원인을 알 수 있었습니다. 그것은 몇 해 전 사고로 아버지를 떠나보내게 되었는데 돌아가시기 전 아버지와의 마지막 전화 통화내용 때문이었습니다. 좋은 대화가 아니었던 것이지요. 평소 아버지와의 관계가 썩 좋지 않았기 때문에 사실 그 대화는 일상적인 것이었습니다. 아버지와의 사별 이후 그 대화가 마지막 대화가 되었으니 그분은 아버지를 원망했던 말 하나하나가 자신을 괴롭혔던 것입니다. 결국 자신을 용서하지 못한 채로 아버지를 떠나보내고 슬픔의 시간을 갖지 못한 채 자신을 미워하고 있었습니다. 점점 자신을 갉아먹는 이 감정에 그녀는 삶의 기운을 잃고 말았던 것이지요.

이와 같이 누군가를 떠나보내고 나서 우리에게 찾아오는 슬픔은 실은 매우 복합적인 감정입니다. 그 안에는 슬픔과 충격, 허무함과 원망도 있습니다. 심한 죄책감에 사로잡힐 수도 있고 삶의 의욕과 의지를 잃어버릴 만큼의 공허감도 있습니다. 사별 대상자나 자신을 향한 미움도 들어있고 아픔도 들어있습니다. 세상을 원망하기도 하고 원인에 따라서는 타인에게 복수하고 싶을 만큼의 분노도 있습니다. 너무 힘든 경우에는 자신도 함께 떠나고 싶은 마음으로 극한 슬픔을 경험하기도 합니다.

이렇듯 사별 후에 겪는 슬픔은 아주 극심한 슬픔으로 우울함이나 피곤함, 불면, 두통과 입맛 없음 등의 여러 심리적 증상과 신

   오늘은 울어도 됩니다

체적 증상들이 포함된 복잡하지만 매우 정형화된 양상을 보이게
됩니다. 그러나 이 모든 것이 당연한 모습임을 꼭 말씀드리고 싶습
니다.

# 3) 슬픔도 모양이 있습니다

사별의 슬픔, 상실의 슬픔은 각각 모양이 다릅니다. 우리 모두가 생김새가 다르듯이, 성격이 다르듯이, 목소리가 다르듯이 우리의 사별 상실의 슬픔도 그 모양이 다 다릅니다. 특히 상실의 대상이 누구냐에 따라, 또 어떤 상실이냐에 따라 그 슬픔은 다르게 나타납니다. 또한 나이에 따라 그 모습이 다르게 나타납니다. 사별한 대상의 연령대가 어떤지에 따라, 반면에 사별을 경험한 유가족의 나이가 어떤지에 따라 모두 다르게 나타나지요. 사별 대상이 자신에게 어떤 존재였는지에 따라서도 다릅니다. 그 대상과의 관계가 어떤지에 따라서도 다릅니다. 결국… 슬픔의 모양은 다 다르다는 것이지요. 일관성이 없습니다. 한 사람이 두 번 세 번 사별을 경험했을지라도 그 이별마다 슬픔의 모양이 다를 수 있습니다.

저는 중학생 시절 소중한 친구를 잃었습니다. '떠나보냈다'라는 표현을 쓰지 않는 이유가 있습니다. 그 당시 저는 그 친구를 떠나보내지 못했기 때문입니다. 그저… 저는 친구를 잃었습니다. 어제 만났던 친구였는데, 함께 웃고 이야기 나누던 친구였는데, '어느 날' '갑자기' 친구가 사라졌습니다. 안타깝게도 저의 소중한 친구는 스스로 생을 포기하였습니다. 그 당시 저는 친구가 제게 남긴 편지를 받고 나서 슬픈데 슬퍼하지도 못하였고, 아픈데 아프지도 못하였고, 저의 마음을 읽을 수도, 알지도 못하였습니다. 단지 받아들이기 어려워 이상한 하루하루를 보냈습니다. 그 당시 저의 사별 경험 후 슬픔의 모양은 '이슬' 같습니다. 뭐라 표현할 수 없고 손에 잡히지도 않았으니까요. 그렇게 물기로 가득 차있는 듯하고 마음속에 맺혀있는 것 같고요. 이슬 같은 슬픔도 그 당시 저는 알지 못했습니다. 시간이 한참 지나고, 저의 역사를 이해하고 나서야 그 아픔을 통찰할 수 있었습니다.

사별로 인한 상실을 말할 때 우리는 저마다 다른 표현을 사용합니다. '보냈다'고 하고 '떠났다'고도 하고요. 또는 '잃어버렸다'고 하기도 하고 '이별했다'고도 합니다. '돌아가셨다'고도 하지요. '소천하셨다'고 하고 '먼저 갔다'고도 합니다. 사별을 대하는 우리의 마음이 저마다 다르기에 표현하고 말하는 것도 저마다 다를 것입니다.


목숨보다 귀한 아들을 하늘나라로 떠나보낸 어머니가 있었습니다. 그 아들은 공부를 제법 잘해서 지방에서 상경하여 공부에 전

념하였답니다. 아들은 어머니의, 아니 가족의 자랑이었답니다. 그런데 '어느 날' '갑자기' 아들의 사망 소식을 듣게 되었습니다. 무소식이 희소식이라며 자주 연락을 하지 않아도 그저 잘 있을 거라 믿었던 아들이었는데⋯ 아들의 마지막 가는 길도 보지 못했고, 마지막 인사도 나누지 못했습니다. 언제나 강직한 어머니였으나 아들의 죽음 앞에 할 말을 잃었습니다. 삶에 대해 의욕이 사라졌습니다. 남아있는 자식들이 있었으나 어머니의 슬픔은 일상의 모든 것을 할 수 없는 상태로 만들어 버렸습니다.

어느 날 갑자기 찾아오는 죽음으로 인한 슬픔은 우리의 모든 것을 바꿔놓습니다. 주변은, 세상은 변한 것이 없지요. 그러나 나만 달라져 있습니다. 아니 그 사람만 이 세상에서 사라져 버렸습니다. 다들 잘 사는 것 같습니다. 나만 이 슬픔에 빠져있습니다. 사랑하는 아들을 잃은 어머니의 슬픔은 그 모양을 헤아리기 힘이 듭니다. 입을 꾹 닫아버린 슬픔이라 해야 할까요. 입이 있으나 말을 할 수 없는 슬픔이라 해야 할까요.

어린 초등학생이 병으로 인해 엄마를 먼저 떠나보냈습니다. 상담실에서 만난 그녀는 엄마 없이 아버지와 자랐다며 그런 아버지에 대해 '엄빠' 같은 존재라고 회상하였습니다. 어느덧 성년이 되어 직장생활도 하고 아버지께 효도를 다하고 싶었던 그녀에게 아버지마저 떠나보내는 슬픔이 찾아왔습니다. 노약한 아버지가 병을 얻고 말았지요. 그녀에게 아버지의 존재는 남달랐습니다. 이 세상 유일한 자기편이었던 거지요. 아버지의 따뜻한 미소, 밥을 해주시던 손길, 대문 앞에서 항상 기다려 주시던 모습… 아내를 먼저 보내고 홀로 자녀를 키우셨던 아버지의 남모를 고생을… 이 딸은 깊이 깊이 알고 있었습니다. 그래서 아버지 없이 살기 힘들었던 것이지요. 죽을 수만 있다면 죽고 싶었다고 그때를 기억하며 고백하였습니다. 그 당시 그녀는 아버지보고 '나도 데려가라고' 얘기했다고 합니다. 아버지의 존재가 그녀에겐 전부였으니까요. 그만큼 중요하고 소중했으니까요. 아버지를 떠나보내고 한참을 그녀는 울지 않은 날이 없었습니다. 그녀의 슬픔은 삶의 의미를 잃어버린 '없을 무(無)'의 모양과도 같습니다.

# 엄마

유혜진



달이 뜨면
엄마 얼굴
노을 지면
엄마 얼굴

어딜 봐도
엄마 얼굴인데
어디에도
엄마는 없구나

나도 같이
엄마 곁으로
가고 싶소
엄마 손 잡고
못다 한 이야기
나누고 싶소

엄마 얼굴
함박 얼굴
어딜 봐도
엄마 얼굴

2.

# 애도

# 1) 꼭 지나야 할 시간

사별을 경험한 이는 누구나 애도 반응을 하게 되는데, 그 애도 반응은 종류와 정도에 있어서 사람에 따라 다르게 나타나게 됩니다. 사별 후 애도는 정상적인 반응이며 일정 기간 애도 과정을 통하여 사별한 대상을 추모하고 사별로 인하여 슬픔을 표현하는 것은 정상적이며 건강한 반응이라 할 수 있습니다.

사람이 자신에게 의미 있는 대상의 죽음으로 인한 상실을 겪게 되면 초연한 상태가 되거나 아니면 실망하기도 하고, 슬픔과 고통을 느끼며 충격에 빠져 현실과 공상 사이에서 헤어 나오지 못하기도 합니다. 그다음 정서의 붕괴나 마비를 겪으며 침체기에 빠지기도 하고요. 이 모든 과정이 애도 과정에 포함됩니다.

애도(Mourning)는 비탄의 경험에서 시작됩니다. 우리가 애도를 할 수 있으려면 먼저 비탄을 통과해야 합니다. 즉 슬픔을 표현하는



오늘은 울어도 됩니다

것이지요. 알렌 휴 콜(Allen Hugh Cole) 박사는 애도를 설명할 때 '상실을 경험한 사람이 새로운 관계를 위한 감정적 노력과 삶에 대한 다른 관점의 형성이 이루어질 수 있도록 그가 상실한 존재와의 관계가 점점 변하는 과정'이라고 말하고 있습니다. 그는 애도 과정이 지속적으로 상실을 극복해 나아가는 방식이라고 말합니다. 즉 애도는 우리가 잃은 것으로 인해 생긴 지속적인 공허감을 간직한 채로 우리네 삶을 어떻게 살아가야 할지를 배우는 시간인 것이지요.

애도에는 일반적인 애도 반응과 복합적인 애도 반응이 있는데, 이는 애도의 기간, 강도, 사회적 영역에서 손상된 정도에 따라 결정된다고 할 수 있습니다. 이 가운데 일반적 애도 반응은 상실에 관한 슬픔을 나타내면서 대부분 사건에 대해 직접적으로 이야기할 수 있지만, 복합적 애도 반응은 만성적인 슬픔과 과장된 슬픔으로 그 양상을 보이게 됩니다.

애도 경험에 영향을 미치는 요소가 있습니다. 상실한 대상과의 관계가 어떠했는지, 과거의 상실의 경험이 어떠한지, 신앙의 정도와 공동체, 사회문화적 차이도 있고요. 또한 죽음과 상실의 유형이 어떠한지에 따라 애도 경험은 달라질 수 있습니다. 나아가 상실 대상에 따라 애도와 비탄도 달라집니다. 배우자 상실도 있고, 부모 상실도 있으며 자녀 상실과 형제자매의 상실, 친구와 지인 상실, 동료와 유명인의 상실, 그리고 반려동물과 반려식물의 상실도 있습니다.

상실 사별 유형에 따른 애도 경험도 다를 수 있습니다. 사고나

돌연사로 인해 갑작스럽게 죽음을 경험하기도 하고, 말기 암 환자나 장기 환자 등의 예견된 죽음도 있습니다. 사회적으로 용인이 되지 않은 에이즈나 자살의 죽음도 있고, 유산이나 사산 등의 인지 인정되지 않는 죽음도 있습니다. 이렇듯 죽음의 유형에 따라 애도 경험과 반응이 달라질 수 있습니다. 모든 사람들은 각자의 방식으로 독특하게 상실을 경험할 뿐 아니라 각자만의 고유한 상실슬픔과 애도 반응을 경험하게 됩니다. 그러므로 나의 슬픔을 당신의 슬픔과 비교할 수 없는 것이지요. 자기 자신만의 고유하고 독특한 슬픔이자 애도입니다.

애도란 상실에 대한 반응으로써 사랑하는 사람의 죽음을 슬퍼하는 것으로 모든 의미 있는 상실에 대한 정상적인 반응을 말합니다. 특히 가족의 죽음으로 인한 사별은 유족에게 절망과 비탄이나 애도를 경험하게 하고 이러한 비탄은 신체적, 정서적, 정신적 건강과 영성의 변화 및 사회적인 관계 등을 포함하는 상실에 대한 정서적 반응을 의미합니다. 애도 기간에는 개인적, 사회적으로 공감을 통한 위로와 지지가 필요합니다. 애도를 건강하게 지나게 되면 스스로 극복 능력이 향상하게 되지만 건강한 애도를 하지 못한 경우는 상실의 슬픔이 사별 이전 감정까지 동반하여 극심하게 반응할 수도 있습니다.

애도(Mourning)는 놀라고, 울고, 애통하고, 슬퍼하는 것으로, 비애라고 표현하기도 하며 중요한 것의 박탈, 상실에 대한 정서적 고통의 반응이라고 할 수 있습니다. 예를 들어 부모를 사별한 후 초기

 오늘은 울어도 됩니다

에 겪게 되는 불안 감정은 익숙하지 않은 환경을 마주할 때 나타나는 증상인 것이지요. 또한 애도는 사별 이후 그 대상의 빈자리와 더불어 새로운 삶을 경험하게 될 때 자연스럽게 나타나는 증상이라고도 봅니다.

사람은 누구나 상실을 경험하며 애도 과정은 사람의 약한 모습이 아니라 사람의 건강한 심리적 과정으로 이해해야 합니다. 슬픔은 빨리 극복하는 감정이 아니라 각자의 시간으로 애도의 시간을 충분히 보낼 수 있어야 차후에 억압으로 인해 유발되는 우울증이나 무기력증 등의 심리적 문제를 예방할 수도 있는 것입니다.

또한 애도란 사별 이후 남은 이들이 경험하는 깊은 슬픔이며, 나아가 사별 이후 달라져 버린 생활 속에서 적응해 가는 모든 과정을 의미합니다. 이러한 애도는 사별을 경험한 경우에 일어나는 매우 자연스러운 경험입니다.

미국 웨일 코넬대학 말기의료연구센터에서 임상경험을 바탕으로 애도연구를 했던 홀리 프리거슨 박사는 사별이라는 상실의 적응해 감에 있어서 남은 이들이 경험하는 애도 과정의 수행 정도가 결국 사별 후 회복을 돕는 주요한 요인이라고 보고 있습니다. 이렇게 정상적인 애도 경험을 하지 못한 이들은 죽음으로 인한 상실을 인정하지 못하여 삶에 부적응적인 모습을 보일 경향이 높습니다. 그러므로 사별 이후 충분한 애도의 시간을 가지는 것이 일상 삶으로의 회복과 적응에 매우 중요합니다. 이 과정에서 사별 후 변화한 생활환경에 적응하기 위한 대처 능력이 생기게 되면서, 문제 해결 능력이나 외상 후 성장을 경험할 수도 있습니다. 상실 이후 애도 과정을 통해 우리는 외상의 상처를 이겨내기 위해 다양한 대처 방법들을 시도하게 되고 그 결과로 긍정적인 변화와 성장을 경험하게 되는 것이지요.

애도 후 긍정적인 변화란 사별 상실 이전의 상태보다 더 나은 적응과 성장의 질적인 변화를 의미하는데요. 예를 들어 부모의 죽음을 경험한 자녀가 그런 경험이 없는 자녀에 비해서 삶에 관해 감사하는 태도를 가짐으로써 긍정적 성장이 있기도 하고 나아가 정서적인 성숙이나 통찰력, 자기 유능감의 향상 등의 개인적 차원의 성장뿐만 아니라, 대인관계에서도 배려심 증가와 같은 성숙함을 경험할 수 있다는 말이기도 합니다.

우리는 사별이나 상실 후에 공동체나 관계를 통해 치유되며 사람과의 관계가 그중 영향력 있는 자원이 될 수 있습니다. 그래서 사별 외상 후 성장은 외상 사건에 대한 인내의 분투 결과로써 개인적 경험의 긍정적인 변화라고도 봅니다. 또한 상실로 인한 상처는 새로운 삶의 구성을 위한 기회를 제공하기도 하고, 사별 아픔을 통해 오히려 역경에 대처하는 능력이나 강한 공동체 의식과 같은 강점을 개발해 갈 수 있습니다.

즉 우리는 사별 외상을 경험하고 난 다음 오히려 삶의 의미를 찾아가게 됩니다. 나아가 건강한 기능으로 회복하면서 그 이전보다 더 강력하게 대처할 수 있는 삶의 기술이 성장한다고 볼 수 있습니다. 또한 삶의 의미 반추는 우리의 스트레스 완충 자원으로써 사별과 같은 높은 스트레스 상황에서 우리 안에 올라오는 우울과 불안 등을 낮추면서 오히려 삶의 희망을 찾아가도록 하는 중요한 변수 자원이 될 수 있다는 사실을 기억하시기를 바랍니다. 즉 사별을 경험한 이들은 건강한 애도 여정에서 자기의 삶의 의미를 더욱 추구하게 되는 것입니다.

애도의 과정에는 지나가는 단계가 있습니다.

골먼(Earl A. Grollman)은 그의 책에서 죽음 이후 사별을 경험한 이들이 직면하는 심리적 단계를 여섯 단계로 말하였습니다. 첫째는 부정과 거부의 단계, 둘째로는 비애의 단계, 셋째는 눈물의 단계, 넷째는 화냄의 단계, 다섯째는 죄책의 단계, 마지막으로 과거에 대한 회상의 단계로 구분하였습니다.

또한 클라인벨(Howard J. Clinebell)은 사별 후 가족에게 나타나는 심리 반응을 네 단계로 구분하였는데요. 첫 번째로는 사별 현실에 대한 충격과 비탄, 무감각을 느끼다가 수용하는 것입니다. 두 번째는 고통스러운 느낌을 경험하고 표현하게 되는 것이고, 세 번째는 상실의 받아들임과 자신의 인생을 상실의 상황에 적응시키며 결단을 하고 달라진 현실에 적응하게 되는 것입니다. 마지막으로는 비슷한 사별 경험을 한 이웃을 찾아 서로 돕는 것이라 말하고 있습니다. 정리해 본다면 사별 후의 심리적 단계는 충격, 슬픔, 적응, 회복 이렇게 네 단계를 거친다고 할 수 있을 것 같습니다.

상실수업의 저자인 퀴블러 로스는 사별로 인한 슬픔의 과정을 다섯 단계로 설명했습니다. 첫 번째는 부정(Denial)의 단계로, 극심한 충격으로 망연자실한 모습을 보이나 실제로 죽음을 부정하지는 않는 단계입니다. 두 번째는 분노의 단계로, 고통과 상실의 감정이 나타나는 단계이고, 세 번째 단계는 타협의 단계로, 적응할 수 있는 시간을 주며 고통을 경감시키는 역할을 하는 단계라고 할 수 있습니다. 네 번째는 우울의 단계로, 외로움을 느끼고 불안을 느끼게 되는 단계라고 말하고 있습니다. 다섯 번째 단계는 수용의 단계로, 현실을 받아들이고 새로운 관계를 형성하고 다시 예전처럼 살아가기 시작하게 된다고 합니다. 그러나 이러한 애도의 단계나 과정은 순차적으로 진행되지 않을 수 있으며 순환하기도 한다는 것이 더욱 중요합니다.

클라인은 사별 후 경험하게 되는 첫 번째 애도 과정을 충격과 절망의 단계라고 하였습니다. 충분히 애도의 시간을 갖기 위해서는 최소 1년에서 3년 정도의 시간을 필요로 한다는 것이지요. 두 번째는 자책감이며 후회스러움의 단계라고 하였습니다. 클라인은 자신의 공격성이 사랑하는 대상을 파괴했다는 공포와 죄책감을 우울 불안이라고 이름을 붙였습니다. 만약 갑작스러운 사고로 사별하였을 경우에는 '고인과 마지막 나눈 이야기'가 평생 그를 괴롭힐 것입니다. 이렇듯 후회의 애도는 자기-파괴와 더불어 자기-상실의 애도를 포함한다고 볼 수 있는 것이지요.

애도 과정의 중기 정도가 되면 슬픔의 정서가 가장 크며 슬픔이 깊어지는 경우 우울로 진행되기도 합니다. 사회적인 활동모임의 참여가 줄어들며 사람들을 만나기 싫어하고 또래 관계나 친구들과도 점점 연락을 하기 어려워집니다. 그것 또한 우울의 양상이라 할 수 있지요.

이렇게 애도 과정 중기에 들어서면 이제 진짜 혼자란 현실을 깨닫게 됩니다. 퀴블러 로스는 사별한 이가 감정이 왔다 갔다 할 수 있으며 애도의 단계나 과정이 순차적으로 진행되지 않을 수 있다고 하였습니다. 신체적 증상으로는 가슴이 답답하거나 한숨이 많아지고, 배앓이를 한다거나 소화가 잘 되지 않으며 두통이 심해지기도 합니다. 이렇게 신체적으로 애도 반응을 경험합니다.

이 시기에는 현실부정으로 인한 공상 및 상상도 하게 되는데 환시처럼 그 자리에 사별 대상자가 있는 것처럼 느껴지기도 하며 꿈과 현실을 구분하기 어려워 때로 사별이 마치 꿈처럼 느껴지기도 하지요. 사별 대상자의 유품을 버릴 수 없고 그것들을 이전과 똑같이 진열하거나 그냥 두는 경우도 있습니다. 애도 과정의 중기단계에는 슬픔의 정서가 가장 크며 슬픔이 깊어지는 경우 우울로 진행되기도 합니다. 잠이 많아지거나 잠이 줄어드는 경우도 있고요. 식욕감퇴, 성욕감퇴 등 여러 욕구들이 현저하게 줄어듭니다.

아버지를 떠나보낸 중년의 딸이 아버지 유품을 하나도 버릴 수 없어서 시골집 창고에 그대로 두었다는 이야기를 저 또한 상담 현장에서 들었습니다. 남편을 떠나보낸 아내는 남편의 손때가 묻어있는 집 안 구석구석의 도구들을 결코 버릴 수 없다고 이야기합니다. 아내가 사용하던 페이스북 계정과 카톡, 핸드폰을 남편이 그

대로 사용하는 것도 상실의 사건과 현실을 부정하고 싶은 마음과 떠난 이와 지속적으로 연결되고 싶어 하는 마음이라 할 수 있습니다.

보통의 경우 사별 후 1년 정도의 시간이 지나면 어느 정도 사별을 현실로 받아들이고 감정적으로도 적응하며 안정을 찾아가는 시기가 옵니다. 조금씩 사별 대상자의 죽음을 받아들이고 그 빈자리를 인정하는 마지막 단계라 할 수 있습니다. 애통과 슬픔의 감정은 어느 정도 가라앉게 되며 대부분 일상을 살아가는 데 정서적으로 큰 어려움은 사라지게 됩니다. 자신의 현실을 수용하며 적응하는 시기라고 볼 수 있습니다.

애도 경험을 자세히 살펴보면, 사별 후 2개월 정도 가장 심각한 상태에 있게 되며, 2개월까지는 일시적 착각과 혼란 가운데 우울과 불안을 자주 겪게 됩니다. 대부분의 사람들은 6개월을 기점으로 사별 사실을 수용하게 되고 일상으로 돌아오게 된다고 합니다.

이러한 애도 경험은 '충분한 애도'와 '충분하지 못한 애도'로 나눌 수 있는데, 충분한 애도란 사별 후에 경험하는 슬픔, 혼란 정도가 시간이 지나면서 변화된 생활과 일상에서 적응이 이루어지는 것을 말합니다. 충분하지 못한 애도는 사별 후 2년 이상의 시간 후에도 일상생활에 적응을 못 하고 죽은 사람에 대한 분리 경험을 하지 못하는 것을 의미합니다. 또한, 사망사건의 폭력성과 사별 사건에서 의미를 찾는 과정, 종교적 성향, 신앙의 자원, 현실적 상황, 사망한 부모와의 애착 등이 애도 경험에 영향을 미치는 요인이 되기도 합니다.

만약 부모의 사망원인이 자살, 사고 등 폭력적이었던 경우에는 부모의 죽음 후 자녀가 부모의 죽음 사실 자체를 의도적으로 회피한다거나, 부모와의 애착이 불안정한 경우 '병적 애도'로 이어질 가능성이 큽니다. 하지만 다른 차원에서 애도 경험과 외상 후 성장 관계를 보면, 가족의 사별을 경험한 사람의 경우 개인적 성장, 변화된 관점 그리고 더 나은 대인관계와 삶의 가치 변화가 이루어졌다고 보고하기도 합니다.

사별을 경험한 유가족은 여러 변화 과정을 거치며, 이 과정은 주변 환경과 상황에 따라, 개인의 기질과 성격에 따라, 그리고 공동체와 가정 내 지지와 위로의 대상이 있느냐에 따라 여러 차이를 보이게 됩니다. 감정적으로, 인지적으로, 그리고 신체와 행동적으로 보이는 반응과 과정은 전혀 이상한 것이 아닙니다. 상실은 우리의 전인격이 아파하고 슬퍼하는 것이기 때문입니다.

이렇게 애도의 단계와 과정은 고정되고 일관적인 양상으로 진행되는 것이 아니라 여러 번에 거쳐서 다시 반복되기도 하고 다양한 과업이 동시에 이루어질 수도 있다는 것을 이야기하고 싶습니다.

# 2) 애도를 공부한 사람들

애도는 모든 애도 과정과 사별 후 적응, 문화적이거나 종교적
인 모든 영역까지도 포함하는 포괄적인 영역이라 할 수 있습니다.
나아가 상실이나 비탄을 안고 살아가기 위한 대처, 그리고 배움의
심리적 과정까지를 말하고 있습니다. 즉 애도는 살아오면서 관계
안에 있는 의미 있는 대상과의 사별로 인하여 나타나는 슬픔과 우
울의 반응을 표현하는 모든 상태나 의식 그리고 관습을 말하는 것
이지요. 그리고 이를 통하여 개인은 사별한 대상과의 관계가 점점
변화하는 과정을 경험하게 되고 새로운 환경에 적응 및 성장을 경
험하게 됩니다.

애도에 관한 연구는 프로이트(Freud)의 정신분석학적 애도이론
을 시작으로 여러 연구이론들이 있으며 현재도 이루어지고 있습니
다. 여기서 잠깐, 애도를 공부했던 분들의 애도 이야기를 소개하고

   오늘은 울어도 됩니다

자 합니다.

　정신분석학자 프로이트는 애도에 대해 사랑하는 사람이나 국가, 자유, 어떤 이상을 상실한 후 이를 극복하는 과정에서 경험하는 모든 정상적인 반응과 병리학적 증상인 우울증을 수반하는 반응으로 말하고 있습니다. 이에 정상적인 애도 반응은 산 자와 죽은 자가 맺은 기억으로부터 자유로워지는 반면에 병리적인 애도 반응은 우울증을 보이면서 죽은 이에게 과도한 집착을 보인다고 하였습니다.

　프로이트는 "애도는 수행해야 할 과업을 가지고 있다. 그것의 기능은 살아남은 자의 기억과 희망을 죽은 자로부터 분리시키는 것이다."라고 이야기하면서 비탄 과업을 제시하였지요. 여기서 프로이트가 '과업'이라고 말한 이유는 그 과정이 아무리 어렵고 고통스러워도 성공적으로 완수해야 한다는 것을 말해줍니다. 즉, 프로이트가 말하는 성공적인 애도는 사별로 인한 슬픔을 억압하거나 현실을 부정하거나 회피하지 않고 직면하는 것, 그리고 사별의 순간과 그 이전의 사건을 검토하고 사별의 현실을 끌어안으며 사별한 대상과의 분리를 건강하게 시도하는 것이라 할 수 있겠습니다.

　프로이트는 또한 사별 대상자에 대한 동일시가 내면화되어 그 사람이 지닌 어떤 면이 애도하는 사람의 심리적 기질의 일부가 되면서 애도의 과정이 비록 힘든 도전일 수 있으나 견딜 만하게 돕는다고 믿었습니다. 반면에 병리적인 애도 반응 즉 멜랑콜리 환자들은 상실 경험으로 슬퍼하기는 하지만 멜랑콜리적 억압으로 자기를 공격하거나 자기 자신을 처벌하는 망상으로 귀착한다고 하였습니다. 그리고 그러한 양상은 떠난 사람을 향한 비난이 내면에 숨어있다고 하였습니다. 이것은 숨어있었던 애증 병존의 양가 감정이 상실을 계기로 표면 위로 드러난 셈이라고 말합니다.

프로이트는 상실을 경험한 이가 슬픔의 과정을 겪으면서 사랑했던 대상을 마음에서 떠나보내는 작업이 중요하다고 보는 것입니다. 결국은 떠난 자에게 매달리지 않고 현실로 자신의 삶의 방향을 돌이키는 과제가 상실을 겪은 자에게 주어진다는 것입니다.

두 번째로 애착이론을 연구하였던 볼비(Bowlby)는 나 자신, 자신과는 다른, 자신이 선호하는 애착 대상과의 관계에 대해 설명하였습니다. 특히 사별로 인한 관계의 단절인 경우 유대관계에 치명적인 충격이 가해질 수 있으며 이에 따라서 사별을 경험하는 이는 상실의 아픔과 슬픔을 표현하는 과정을 거친다고 하였습니다. 즉 볼비가 말한 애도 반응은 분리불안의 특별한 형태이며 사별의 경험은 돌이킬 수 없는 이별의 일종으로 보는 것입니다. 그는 애도 단계를 4단계로 제시하고 있습니다.

첫 번째는 '충격, 감각을 잃음'으로, 사별로 인한 충격으로 모든 감정을 억누르면서 현실을 부정하는 감정적 정지 상태를 의미합니다. 이는 사별로 인한 충격으로부터 일시적으로라도 자신을 보호하기 위한 반응이라고도 볼 수 있지요. 이 단계에서는 강렬한 괴로움과 분노의 폭발 등이 수 주 동안 지속될 수 있으며 일상생활을 하면서도 긴장과 불안 감정을 느끼게 된다고 말합니다. 그래서 오히려 담담하며 냉정해지는 태도를 보이지만 슬픔을 억압하고 있기 때문에 강력한 감정 폭발이 있기도 합니다.

두 번째는 '간절히 바라고 그리워하고 찾기'로써 사별 대상에 대한 그리운 감정을 강하게 느끼게 되는 단계입니다. 이때는 사별한 대상에 대하여 그리움과 슬픔이 강렬해지며 비탄과 함께 심각한 신체적, 정신적 고통이 극치에 달하는 지점이라고 할 수 있습니다. 특히 자신과 타인, 위로하려는 자나 죽은 이를 잊도록 유도하는 자, 또 죽음에 이르게 한 자 등을 향해 분노를 표출하기도 합니다. 또한 사별 대상과의 관계가 갈등적이었거나 양가적일 경우 죄책감과 불안이 나타날 수 있습니다. 이 단계에서 신체적 증상으로는 답답함, 호흡곤란, 불면, 식욕상실, 수면장애 등이 나타나고, 심리적으로는 현실을 부정하고 그리움으로 사별한 대상을 애타게 찾는 행동을 보이게 됩니다. 이때 사별을 받아들이지 못하여 환각, 환시 증상을 보이기도 하는데 그렇지만 이러한 증세는 사별의 현실을 적응하는 정상적인 비탄과 애도 반응이라 할 수 있습니다.

세 번째는 '혼란'의 단계로써 애도하는 이는 사랑하는 대상을 잃은 것뿐 아니라 안전기지의 상실로 인한 내적동요와 혼란을 경험하는 단계라고 할 수 있습니다. 볼비는 이러한 비탄의 슬픔을 견뎌내기 위해서는 안정적 애착이 중요하다고 보았습니다.

네 번째는 '회복, 재구성'으로써 점차 일상생활을 회복하게 되는데, 이 단계에서 이제 고인의 부재를 인정하고 현실에 적응해야

함을 인식하기 시작합니다. 이 단계에서는 사별을 경험한 이는 고인을 추모하면서 슬픔을 느끼지만, 이러한 감정이 일상생활을 어렵게 하거나 지속적으로 압도하지는 않게 되지요. 즉 비탄과 슬픔의 정서보다는 새로운 관계를 경험하는 가운데 사별 대상자가 없는 낯선 현실에 적응해 가는 것이라고 할 수 있습니다.

볼비는 애도 과정에서 점차적으로 애착 대상의 죽음에 대해 수용하고 받아들이는 것이 중요하다고 보고 있습니다.

프로이트와 볼비는 사별 후 고인과의 분리를 통한 애도를 말하였으며 새로운 애착 대상과의 관계를 통한 불안을 사라지게 한다는 공통점을 가지고 있습니다.

앞에서 이미 언급했던 정신과 의사 퀴블러 로스도 애도의 단계에 대해 이야기했습니다. 이미 『인생수업』이나 『상실수업』이라는 책으로 애도 단계에 대해 많이 알려져 있지요. 그녀는 말기 암 환자들과 2년 동안 인터뷰를 하면서 애도의 다섯 단계를 정리하였습니다. 부정, 분노, 타협, 우울, 수용의 단계인데요. 부정의 단계는 처음 말기 암 진단을 받았을 때 믿지 않으려는 태도를 말합니다. 분노의 단계는 가족이나 하나님, 의사에게 분노하기도 합니다. 분노는 자연스러운 감정의 표현입니다. 타협의 단계는 죽음에 대해서 진지하게 생각하기 시작하며 주로 하나님과 타협을 시도합니다. 예를 들어 "나를 살려주시면 더 열심히 살겠습니다.", "나를 살려만 주시면 헌신하겠습니다. 어떤 것을 드리겠습니다.", 이런 타협을 시도합니다. 우울의 단계에서는 혼자 있으려고 합니다. 누구도 만



오늘은 울어도 됩니다

나고 싶은 마음이 들지 않는 시기입니다. 수용의 단계는 비로소 죽음에 대해 받아들이는 진지한 마음을 가지게 됩니다. 죽음을 준비하게 되는 것입니다. 그러나 죽음에 대해 공포를 느끼는 시간은 전 단계에 거쳐서 일어납니다.

죽음보다 더한 고통을 느낄 때면 빨리 죽기를 바라는 분들도 만납니다. 그러나 대부분 죽음의 공포를 가지고 있으며 그 공포의 양상은 품위를 잃게 되는 것에 대한 두려움이 있고, 외로움과 관계의 단절에서 오는 두려움과 고통 및 죽음 이후의 세계에 대한 두려움이 있습니다. 신앙을 가지고 있는 분들도 죽음을 앞두고 있는 시간에 과연 자기가 천국에 갈 수 있을지에 대한 불안감이 일어나기도 합니다. 어쩌면 살아온 삶에 대한 심판을 두려워하는 것이기도 합니다.

암 선고를 받고 상담을 하였던 분은 다시는 사랑하는 가족들을 볼 수 없는 것에 대한 두려움과 슬픔으로 매번 눈물을 흘렸습니다. 자신이 떠난 뒤 자녀들이 받을 상처와 슬픔을 걱정하였습니다. 홀로 남겨질 배우자를 염려하였습니다. 저는 오래전 서울 대학로에서 보았던 연극이 오래 기억에 남습니다. 「우리 동네」라는 연극이었습니다. 그 당시 음악 프로듀서로 작업했던 제자가 티켓을 주어 관람하게 되었는데, 주인공이 어린 자녀를 두고 세상을 떠나는 장면에서 저는 오열을 하면서 눈이 퉁퉁 붓도록 울었습니다. 거기서 끝이 아니라 연극에서 세상을 떠난 엄마는 아이 곁에 계속 맴돕니다. 하늘로 올라갈 수 없는 것이지요. 가족들이 슬퍼하는 모습을 지켜보면서 말입니다.

　저는 이상하게도 모두가 깊이 잠든 밤이 되면 상실에 대한 생각을 합니다. 쌔근쌔근 잠자고 있는 아이들을 보면서 내가 아이들을 떠나게 되면 저 또한 「우리 동네」 연극의 주인공 엄마처럼 도저히 하늘로 올라가지 못하고 아이들 곁에 맴돌고 있을 것 같습니다. 그렇게라도 가족들을 지켜주고 싶은 마음인 것입니다. 엄마 없이 쓸쓸하게 자라는 아이들 생각하면 저 혼자 가슴이 저리고 슬펐습니다. '엄마가 얼마나 보고 싶을까', '엄마라는 이름만 불러도 슬플 텐데', '아이들이 청년이 되는 모습은 어떨까'. 그것은 생각만 해도 이렇게 슬픈 일이 됩니다. 그런데 우리에게 현실이 되면 그 아픔과 슬픔은 상상 그 이상일 것입니다. 또 현실이 될 수도 있는 것이구요.

　그러나 이런 생각이 삶에 도움이 되기도 합니다. 죽음을 인식하는 것이기 때문입니다. 항상 죽음이 멀리 있지 않고 우리 가까이 있다는 것을 인지하고 살아가면 우리는 오늘과 내일을 좀 더 의미 있게 살아가는 데 도움이 됩니다. 저는 그런 생각을 하고 나면 아이들을 한 번 더 안아줍니다. 오늘 한 번 더 사랑한다고 말해줍니다. 진실로 대하려고 노력합니다. 오늘이 우리 가족에게, 사랑하는 사람들과 나눌 수 있는 마지막 날이 될 수도 있으니까요. 오늘 나눈 대화가 이 사람과 나누는 이 땅에서의 마지막 대화가 될 수 있으니까요.


　다시 애도를 공부한 연구자들 이야기를 하겠습니다. 과제지향

　　　　　　　　　　　　　　　　오늘은 울어도 됩니다

적인 애도상담을 발전시킨 워든(Worden)은 사별 후 비탄을 해결하기 위하여 극복해야 할 네 가지 과제를 말하였습니다. 이 과제는 순차적인 것은 아니라고 말합니다. 특히 워든은 모든 과제를 완수하기 위해서는 애도자의 노력이 필수적임을 강조하였는데, 사별 애도에 대한 첫 번째 과제는 '상실의 현실을 수용하기'로, 죽음의 현실을 받아들이는 것으로 죽음에 대한 부인을 극복하는 것이라고 말합니다. 즉 그는 죽었고, 더 이상 볼 수 없다는 현실과 온전하게 마주하는 것이라 할 수 있습니다. 즉 고인이 없는 현실, 곧 죽음을 받아들이는 것입니다.

두 번째 과제는 '사별의 슬픔을 견디며 애도 작업하기'로, 정서적인 고통과 더불어 상실로 인하여 나타난 신체 행동의 어려움을 부정하거나 피하지 않고 충분히 겪어내는 과정을 말합니다. 슬픔을 충분히 표현하면서 애도 작업을 하는 것이지요.

세 번째 과제는 사별 대상자가 없는 세상, 환경에 적응하는 것입니다. 워든은 상실한 것이 무엇인지 알게 되는 것과 고인의 역할을 자신의 일상수준에서 시도함으로 애도 과정에서 상실의 의미를 재구성하는 가운데 과제를 완수해 가는 것을 강조하고 있습니다. 또한 애도자가 고인을 기억에서 지우지 않고 지속적인 유대를 발달시키는 방법을 찾으며 과거에 고인과의 수많은 추억으로 인해 쌓인 유대관계를 지속하면서 적응해 가는 것을 중요하게 봅니다. 그리고 자신의 정체성에 관련하여 사별의 현실에 적응해 가면서 변화를 추구해 가는 것까지 적응과정이라 말합니다. 이러한 상실 경험의 적응과정에 영향을 주는 요인으로 내적으로는 연령, 성별, 건강, 떠난 이에 대한 양가 감정 등이 있으며, 외적으로는 사회적 지지, 사회경제적 상태, 친구 관계가 있습니다. 영적인 적응도 있는데 그것은 신앙의 자원, 세계관이나 의미 가치관 등이 있다고 볼 수 있습니다.

네 번째 과제는 고인과의 연계 속에서 새로운 삶을 발견해 가는 것으로, 죽음 이후에 변화된 상황이 긍정적으로 반영될 수 있도록 고인과의 관계를 재배치하여 다시 새롭게 형성해 가는 것이라고 말합니다. 여기에는 감정적 재배치와 공간적 재배치의 개념이 있습니다.

워든은 애도 과정에서 애도의 중재요소에 관해 언급하면서, 애도의 중재요소로 애착의 본질, 고인과의 관계, 죽음의 상황, 성격 중재요소, 사회적 중재요소, 역사적 중재요소, 수반되는 변화를 말하고 있습니다. 또한 이러한 중재요소들은 개인이 애도에 실패하게 되는 이유도 될 수 있음을 말하고 있습니다.

그 외에도 스트로베(Stroebe)와 셧(Schut)은 사별 대응의 이중과정 모델(Dual Process Model)을 정리하였는데, 감정의 진동이라는 새로운 인식을 바탕으로 애도의 과제를 다루고 있습니다. 이 진동이라는 것은 상실중심 스트레스와 회복중심 스트레스 사이의 진동을 말하며 상실과 회복의 대처 사이를 오가는 역동성을 강조한다고 볼 수 있습니다. 상실지향과정은 상실 후 갖게 된 감정을 인식하고 감정을 적절하게 표출하는 애도에 중점을 둡니다. 회복지향과정은 일상적인 삶의 회복과 새로운 정체성에 대해 받아들이고 대처하는 과정이라 할 수 있습니다. 이러한 이중과정을 경험한다고 말합니다.

사별을 경험하게 되면 개인이 이전에 가지고 있던 자기개념이나 세계관이 전과 같지 않고 적응적인 일상 회복을 위하여 상실에 의한 의식적인 작업이 필요한 상황이 되지요. 이러한 인지적, 정서적 작업을 하는 과정에서 높은 스트레스와 불안 그리고 분노를 경험하게 되고요. 스트로베와 셧은 이러한 스트레스와 정서를 부정적으로만 해석할 수 없는, 슬픔의 고통을 극복하는 중요한 대처과정으로 여겼습니다. 이중과정 모형에 따르면 사별 후 애도 과정에서 슬픔을 극복하는 데 두 가지 유형, 즉 상실지향과 회복지향의 방향이 있다고 설명하고 있는 것이지요. 이 두 과정을 반복적으로 순환하면서 점점 더 적응적인 일상으로 회복하며 성장해 간다고 말합니다.


니마이어(Neimeyer)는 의미 만들기 이론을 말하였는데, 이 이론은 구성주의의 영향 아래서 발전되었습니다. 구성주의의 원리는 인간은 자신의 삶의 이야기를 의미 있게 만들고 유지하고자 하는 경향이 있다는 것입니다. 그러므로 인간은 자신에게 일어난 일들에 대해 자기만의 이해와 해석의 차원으로 삶의 목표를 설정하고 결정한다는 것입니다.

그러므로 사별 상실 경험자들의 상실 경험에 대한 반응은 그저 고통만 있는 것이 아니라고 말하면서 그들이 기존에 가지고 있던 의미구조(Meaning Structure)를 변형하거나 재구성하는 적극적 노력을 하도록 동기화한다고 보았습니다. 다시 말하면 사별 경험은 충격으로 시작되지만, 죽음의 의미를 찾는 것과 사별의 고통으로부터 자신을 보호하는 가운데 삶의 질서를 다시 세우기 위하여 새로운 방식으로 의미를 재구성한다는 것으로써 자기 자신에게 임한 사별의 고통의 의미를 찾아가고 이해한다는 것입니다.

즉 소중한 이의 죽음, 특히 이해할 수 없는 갑작스러운 사별 경험은 기존의 의미구조로 설명되기 어려운 불일치가 발생하므로 강렬한 심리적 고통이 일어나게 되는데, 이러한 고통을 감소시키기 위해 의미를 찾는 과정으로 들어가게 된다고 말합니다.

그 과정에는 사별을 이해하기, 사별 경험으로부터 좋은 점을 발견하기, 그리고 정체성의 변화의 과정이 포함된다고 합니다. 이와 같은 의미를 찾는 노력은 기존의 의미구조에 영향을 주면서 충격적인 상실의 사건을 이해하는 데 도움이 되는 새로운 의미 재구성에 영향을 미친다고 말합니다.

특히 니마이어는 소중한 이의 죽음은 개인의 삶의 의미를 흐리게 할 수 있으나 의미를 재구성하는 과정을 통하여 사별이 의미하는 바를 이해하고 변화된 삶의 여러 부분에 어떻게 대처할지 생각해 보는 것 등이 변화에 도움이 된다고 말합니다. 또한 그는 애도 상담을 통하여 '이야기(Narrative)'를 함으로써 치유를 도모하는 것이 애도 과정의 핵심요소라고 말합니다.

삶은 생각했던 대로 흘러가지 않고 또 자신이 원하는 방향으로만 진행되지 않음을 이해하면서 인간의 유한성을 생각하게 되며 신의 존재와 죽음 이후의 세계를 궁금해하게 된다는 것입니다. 결국 삶의 의미를 다시 생각해 보고, 찾고자 하는 과정을 경험하게 되는 과정입니다.

실존주의 사상가이자 심리치료자인 빅터 프랭클(Viktor Frankl)은 모든 인간은 의미를 찾아가는 존재라고 말합니다. 그는 말하기를 죽음의 수용소에서 인간은 죽음의 긴박하고 절박한 순간에서도 삶의 의미를 찾고자 하는 이는 마지막까지 그 존재 가치와 품위를 잃지 않는다고 하였습니다. 삶의 의미는 찾고 발견되어지는 것이며, '내가 왜 살아야 하는지'에 대해 아는 사람은 어떤 상황에서도 버틸 수 있다는 것이지요.

프랭클은 유대인으로, 아우슈비츠 수용소에서 강제노역과 고통을 겪어야 했습니다. 그의 아내는 다른 수용소에서 죽게 되었고 어머니도 가스실에서, 동생도 강제노역 중에 죽게 됩니다. 전쟁의 생존자로 살면서 그는 자신이 보고 경험했던 것을 써나가기 시작하였습니다. 그는 수용소의 사람들을 떠올리면서 육체적으로 강한 사람이 반드시 살아남는 것은 아니라는 것, 그리고 살아남느냐 죽느냐는 어떤 내적인 힘에 의해 좌우된다는 것을 확신하게 되지요. 그것은 '무슨 일이 있어도 삶을 포기하지 말라'는 프랭클의 마음이 그를 살린 것과도 연결됩니다. 그도 아내의 죽음을 알고 난 후 깊은 우울증을 겪었지만 "사람이 어떤 큰일을 겪는다는 것은 그에게 어떤 의미를 갖는다."고 말하며 의미탐구를 정리해 갑니다.

저는 개인적으로 프랭클의 의미탐구 이론이 좋아서 그의 이론을 공부하였습니다. 특히 인간은 어떤 시련이 오더라도 한 가지 자유, 즉 삶에 대하여 자신의 태도를 결정하고 자기 삶의 길을 선택할 자유만은 빼앗을 수 없다는 것을 강조하였는데요. 바로 선택과 자유는 인간만이 할 수 있는 것이고 책임적 존재로서의 인간을 말하고 있습니다. 그러므로 애도에 있어서도 우리는 우리에게 일어난 슬픈 일에 대해 새롭게 의미를 만들어 가고 삶의 의미를 재구성할 수 있다는 것을 말씀드리고 싶습니다.

1996년 데니스 클라스(Dennis Klass)와 필리스 실버만(Phyllis Silverman)은 애도에 대한 치유를 이야기하면서 감정적인 결속을 끊어버리는 것이 슬픔 치유에 도움이 되는 것이 아니라는 것을 주장합니다. 오히려 사랑하는 대상의 죽음과 그 의미를 이해하고 현재의 삶에서 지속적으로 연결됨을 가지는 것이 치유에 도움이 된다고 이야기합니다.

그래서 고인과의 결속을 돕는 두 가지 방법을 제시하는데요. 외적인 방법으로 '의례'의 중요성을 강조합니다. 장례 이후에 계속해서 추모식을 하고 또는 정기적으로 묘지를 방문하는 것, 고인과 함께 갔던 곳을 가보는 것이나 추억이 깃들어 있는 장소에 가서 고인을 생각해 보는 것입니다. 나아가 병원이나 다른 곳에서 봉사활



오늘은 울어도 됩니다

동을 하는 것도 의미 있는 의례라고 할 수 있습니다.

하나뿐인 아들이 스스로 목숨을 끊어 먼저 떠나보낸 부모님이 있었습니다. 아들을 그렇게 잃고 부모님은 한동안 삶을 지속하기가 어려웠습니다. 어머니는 몇 년이 지나도록 우울증에서 벗어날 수 없었습니다. 어머니도 아들을 따라가고만 싶었다고 하였습니다. 그러던 어느 날, 아들처럼 스스로 세상을 등지려는 청소년들 이야기를 듣게 되었습니다. 어머니는 마음이 너무 아팠다고 합니다. 그리고 꽃다운 아이들이 그렇게 떠나는 것을 어떻게든 막고 싶은 마음이 생겼다고 했습니다. 그래서 자살예방센터와 연결되어 봉사를 하게 되었습니다. 그렇게 봉사를 하고 난 이후 이 어머님은 깊은 우울에서 조금씩 벗어날 수 있었습니다. 아들을 잃은 어머니를 새롭게 살게 한 것이지요.

세월호 사건 이후 진도의 팽목항에는 매년 4월이 되면 추모하는 의례가 있습니다. 이태원에도 추모의 꽃이 올려집니다. 아내를 잃고 해마다 결혼기념일이 되면 같은 꽃집에서 늘 꽃을 사는 남편이 있습니다. 그리고 그 꽃을 아내의 무덤 앞에 두고 옵니다. 저는 어머니를 보내고 어머니와 저를 연결해 주는 장소를 찾았지만 추억의 장소가 이제는 다 사라졌음에 마음이 아팠습니다. 아직 용기가 나질 않아 어머니가 계시던 요양원에는 가보질 못했습니다. 그러나 어디에나 있는 어머니의 존재는 봄이 되면 쑥밭으로 나를 인도합니다. 어머니와 함께 쑥을 캐던 추억이 있기 때문입니다. 쑥은 또 어디에나 있기에 저는 봄을 닮은 어머니 생각으로 쑥이 있는 곳에서는 어디서나 어머니를 추모합니다.

고인과의 결속을 돕는 내적인 방법으로는 내적인 연결점을 가지는 것인데요. 예를 들어 자녀를 떠나보낸 부모들이 자신의 자녀가 천사가 되어 함께 한다는 것을 믿는 것이라 할 수 있습니다. 신앙 가운데서 자녀가 천국에 있다는 것, 그리고 언젠가 천국에서 다시 만난다는 믿음을 갖는 것을 말합니다. 그러한 믿음은 이 세상에서 더 의미 있게 살아갈 수 있는 힘이 되곤 합니다.


남편을 먼저 떠나보내고 홀로 자녀를 키우고 있는 아내는 남편이 언제나 자신과 함께한다고 믿고 있었습니다. 그녀는 상담시간에도 남편이 자신을 지켜주고 있다고 믿는다고 했습니다. 그리고 특히 삶의 문제를 만났을 때나 해결하기 어려운 일을 만났을 때 남편이 너무도 필요한데 그때마다 도움이 손길이 있었다고 했습니다. 그러한 도움의 손길은 남편이 자신을 위해 연결해 주는 천사와도 같다고 말입니다. 그리고 남편과 다시 만날 날을 기다리며 아이들을 잘 키우겠다고 매일 다짐한다고 하였습니다. 이분에게는 이러한 내적 표상이 삶을 살아가는 데 있어 힘이 되어주고 있었습니다. 포기하지 않도록 하는 힘이 되었던 것이지요.

살아생전 아버지의 소원이었던 것을 아버지가 떠난 이후 이뤄드리기 위해 인생의 방황을 멈추고 정신을 차렸다던 분도 있었습니다. 아버지를 갑자기 보내고 난 뒤 자신의 행동과 삶이 망나니 같



오늘은 울어도 됩니다

았음을 몹시 후회하였지요. 그리고 다짐했더랍니다. 아버지를 다시 만나게 되었을 때 아버지를 웃게 해드리고 싶다고 말입니다.

이렇게 우리는 애도 과정에서 지속적으로 고인과 연결되는 방법을 통해 오히려 삶에 건강하게 적응해 가고, 상실 이후 남은 삶을 의미 있게 살아가려는 힘을 얻으며 회복과 치유에까지 나아가게 됩니다.

저는 지금까지 애도에 관해 연구한 몇몇 학자들의 내용들을 간단히 말씀드려 보았습니다. 학자들마다 특징이 다르고 중요하게 여기는 지점들이 달랐지만 모두 공통적인 부분은 사별이나 상실로 인한 아픔의 시간 즉 애도의 시간은 꼭 우리 모두에게 필요하다는 것과 건강하게 그 시간을 통과해야 한다는 주장은 같다고 할 수 있습니다. 만약 현재 애도의 시간을 지나는 분들이 이 글을 읽게 된다면 부디 애도의 여러 모습들이 정상적이라고 여기시게 되기를 바라는 마음입니다.

# 3) 우리 문화 속의 애도

애도는 개인적, 국가적, 문화적인 배경에서 다양하게 그 과정을 지나기 때문에 애도의 시간을 우리나라의 문화적 배경 안에서 이해해야 합니다.

우리나라에는 전통적인 장례문화가 있습니다. 장례문화 자체가 애도의 문화라고 할 수 있습니다. 우리나라 전통장례식을 살펴보면 장례 때 부르는 노래도 있고, 춤도 있으며 또 조각이나 미술이 종합적으로 승화된 작품이자 예술이라 할 수 있음을 볼 수 있습니다.

특히 우리나라는 과거에 마을에 초상이 나면 마을 주민들이 함께 상여를 메고 상여소리를 하며 마을 사람들과 가족들이 매장지로 가면서 함께 노래와 곡을 하였습니다. 이 세상에서 고인을 떠나보내며 이별과 상실의 아픔을 한에 담아 표현한 것이 상여소리에 담겨있었습니다. 바로 한국의 전통장례식은 죽음을 애도라는 예술로 승화시켜 버린 종합적인 퍼포먼스라고 할 수 있으며, 노래도 있고 춤도 있으며 미술도 포함하고 있었습니다. 자금은 많이 사라졌지만요. 이 상여소리를 살펴보면, 마을마다 초상이 있을 때 상여를 메고 만가(상여소리)를 부르는 소리꾼이 있었습니다. 지역마다 차이가 있었지만 상여소리에는 먼저 떠난 이와 이별하는 한과 정서가 담겨있었습니다. 또한 사별을 겪은 자들의 슬픔을 웃음으로 승화시키려는 애도 과정도 포함하고 있는 것이 바로 우리나라 전통장례식이었습니다.

장경철, 강진구의 책『죽음과 종교』에서 대개 상여는 화려하게 치장되었다고 하면서, 가난하고 힘들게 살았던 고인일수록 화려함이 컸다고 말하고 있습니다. 그 이유는 이 땅에서 누리지 못했던 것을 조금이라도 풀어주고자 하는 위로의 마음이 담겨있는 것으로 볼 수 있지요. 그러므로 어떤 의미에서 한국의 전통장례식은 고인의 넋을 위로하고 한을 풀어주는 하나의 집단의식이었다고 볼 수가 있습니다. 고인의 못다 한 삶을 위로하고 남은 자와 함께 애도하는 의식이었던 겁니다. 참으로 우리나라는 정이 많고 죽음의 순간까지 집단 즉 공동체 의식이 뚜렷했음을 볼 수 있습니다.

그중에서도 '곡'소리는 온 마을에 울려 퍼지며 고인이 이 세상에서 떠나 저세상으로 가서 부디 편안하기를 바라는 마음을 담고 있는데요.

저희 어머니(시어머님)께서 남편을 먼저 보낸 장례식을 저는 잊을 수가 없습니다. 열아홉 순정으로 만나 백년가약을 맺었던 남편을 병으로 먼저 떠나보낸 어머님은 그 슬픔을 하나의 곡조로 풀어 내셨습니다. 남편과 함께 산 세월이 50년이니… 그 시간을 어찌 다 헤아릴 수 있을까요. 기쁠 때나 슬플 때나 동고동락했던 남편을 죽음 으로 떠나보내는 장례의 자리에서 어머님은 한없이 또 한없이 노래 만 하셨습니다(실은 노래라고 하기에는 가사가 없고 박자도 없는 곡조였지요).

제가 듣기로는 세상에서 가장 슬픈 노래였습니다. 울음에 곡 조를 붙인 것 같았습니다. '곡'소리였지요. 사랑하는 이를 떠나보내 야만 하는 곡소리, 함께한 세월이 담긴 곡소리, 사는 동안 그의 체 취와 모습을 기억하고 싶은 구슬픈 곡소리였습니다. 어머님의 그 곡소리는 장례행렬 내내 끊이지 않았습니다. 하관하고 돌아오는 길에서까지 계속되었습니다. 떠난 남편의 못다 한 삶과 고생했던 삶의 한을 풀어주고 싶던 아내의 슬픔이자 마지막 선물 같았습니 다. 가족들도 어머님의 그 곡소리를 들으며 아버지를 생각할 수 있 었습니다.

이렇듯 우리나라 애도문화는 고인의 삶의 한과 애환을 풀어주 고, 남은 자에게는 건강하게 슬픔을 표현할 수 있도록 하는 집단치 유현장이라 할 수 있습니다. 왜냐하면 유족들이 울 때 마을 사람들 은 같이 통곡하며 울어주었기 때문입니다. 함께 곡하는 소리는 유 족에게 울음을 끌어낼 수 있는 매개가 되기도 하였으니까요. 꾹꾹 참고 있던 눈물과 슬픔을 애곡하는 소리를 들으면 울음이 터져 나 올 수 있으니 아마도 유족들이 울 수 있도록 도와주는 슬픔의 매개 였을 것입니다. 또 그러한 시간이 반드시 필요했으니까요.

　뿐만 아니라 과거에 볼 수 있었던 우리나라 전통장례 의식에는 그 마을 전체가 장례행렬에 참여하였습니다. 순서로는, 관이 있는 상여가 맨 앞에 가고, 그 뒤로 유족들과 친지들, 그 뒤로 고인의 친구들과 마을 사람들이 따라갔습니다. 그것은 바로 아픔과 슬픔을 같이 느끼는 공동체적 치유현장이었던 것이지요. 장례식 자체가 며칠 내내 슬픔을 나누는 시간이었고 함께 고통을 나누는 시간이었습니다.

　그뿐 아니라 장례의 복잡한 절차와 입관, 하관 등의 모든 일정들을 공동체가 함께 돕고 자신의 일처럼 감당하였습니다. 지금도 그 문화를 이어받아 장례 일정 기간 친구나 공동체 그리고 동료 등이 함께 돕는 것을 볼 수 있지요. 장례 시간 내내 고을 사람들이 마을에서 매장지까지 걸어가면서 사별을 겪은 자와 함께 울고 또 울며 곡소리로 그들의 애도를 표현하였습니다. 그것은 우리나라의 전통적인 애도현장이었습니다. 정을 중시하고 마을 공동체 중심으로 살아왔던 한국 문화적 집단치유의 애도라 할 수 있습니다. 슬픔을 함께하고 아픔을 나누며, 슬픔을 당한 자를 혼자 두지 않고 힘든 일을 함께하는 집단애도가 우리나라의 장례문화에서 가장 두드러지게 나타났다고 할 수 있습니다. 참으로 따뜻한 집단치유이며 공동체 의식입니다.

# 애도여행을 떠납니다

상실이나 사별 후 애도에는 반드시 과정이 있다고 계속 말씀드렸는데요. 저는 그 과정을 건강하게 지날 수 있도록 어떻게 도울 수 있을까를 많이 고민하였습니다. 상담센터로 찾아오시는 분들 중에는 여러 증상이나 심리적 문제를 호소하지만 그 내면에는 상실이나 죽음으로 인한 이별(사별) 이후 애도가 되지 않아 오랜 시간 아픔을 가지고 있는 경우가 많았습니다.

친정아버지를 좋아하지 않고 원망하며 살던 분이 저를 찾아오셨습니다. 처음 방문한 목적은 직장 내에서의 관계문제 때문이었습니다. 어떤 대상들에게 화가 난다는 것이었지요. '화'라는 감정에도 수치와 단계가 있는데, 이분은 상당히 그 수치가 높았습니다. 화의 단계가 1에서 5단계까지 있다면, 이분의 화는 1단계에서 중간

   오늘은 울어도 됩니다

단계를 거치지 않고 바로 4단계~5단계로 진행되어 버렸습니다. 저는 이분의 '화'가 어디서부터 시작되었는지 알고 싶었습니다.

　　상담이 진행되는 동안 가족들 이야기를 하게 되었는데요. 그중 아버지 이야기를 하면서 이분의 '화'의 원형을 찾을 수 있었습니다. 그리고 그 대상이 현재까지 연결되어 있음을 알 수 있었습니다. 그런데 그 아버지와 사별한 것이지요. 이분은 건강하게 애도를 하였을까요? 그렇지 못했습니다. 아버지를 평생 미워했지만, 또 미움만 있는 것은 아니었습니다. 마지막까지 아버지를 돌보았던 분도 이분이었고 아버지가 아픈 중에 곁을 지켜준 자녀도 이분이었으니까요. 아버지를 미워했지만 실은 안쓰러운 마음도 있었습니다. 또 한편으로는 아버지가 이해가 되기도 하였습니다.

　　그러나 어린 시절을 기억하던 중 가장 이분이 힘들었던 부분은 아버지의 무책임함에 대해 어느 누구도 심판(재판)하는 이가 없다는 것이었습니다. 이분이 생각하기에 세상에 정의는 없다는 것이었지요. 약자를 보호하는 정의가 사라진 세상에서 이분은 자기도 모르게 어떠한 마음이 깊숙이 자리 잡게 되었을까요? 이분 스스로가 정의 구현을 하는 것, 강자가 약자를 괴롭히는 것을 참을 수 없게 된 것입니다. 직장 내 관계가 어렵게 된 이유 중 하나도 그러한 모습을 결코 간과할 수 없었기 때문이었으니까요. 그러나 동료들과 둥글게 잘 지내고 싶었던 마음이 컸기에 많이 괴로워하였습니다.

　　저는 이분이 애도를 잘하지 못하여 현재의 어려움이 있다고 판단하여 모든 것의 전적인 이유를 애도에서 찾는 것은 무리가 있다고 봅니다. 그러나 한 가지 분명한 것은 아버지를 떠나보낸 후 상담을 진행하면서 이분은 애도 과정을 다시 가지게 되었고, 아버지를 향한 자신의 마음을 깊이 보게 되었다는 점이 중요하다고 여겨집니다. 관계의 양상과 여러 연결이 아버지에 대한 자신의 마음에서 출발하였고, 또 그것이 여전히 그리고 현재까지 자신의 삶에 영향을 주고 있다는 사실을 깨닫게 되었으니까요. 그렇게 이분은 자신을 본 것이지요. 아버지에 대한 자신의 마음을 보게 되었다는 것… 저는 이것 또한 애도의 한 과정이라 생각합니다.

저는 누구나 겪게 되는 사별이나 이별, 상실 후 애도의 시간을 조금이라도 돕고자 그동안의 저의 상담의 경험을 바탕으로 하여 전인적 애도상담모델을 만들게 되었습니다.

전인적이라는 말은 분야에 따라 그 정의가 다르겠지만 저는 사람을 이해하는 관점에서 사람의 존재를 지, 정, 의 그리고 영, 혼, 육을 가진 총체적이고 통합적인 존재로 이해하려는 관점을 전인적이라 보고 애도상담모델을 '전인적 애도상담모델'이라고 정하였습니다.

누구나 애도의 시간을 건강하게 지날 수 있도록, 또는 저처럼 상담자가 되어 다른 누군가의 애도를 도울 수 있도록, 그리고 공동체나 가족이라도 이 모델을 통해 애도의 시간을 동참하기를 바라는 마음에서 만들고 시작하였습니다. 저 또한 애도 시간에 다른 관

　　오늘은 울어도 됩니다

점과 다른 접근이 필요했습니다. 분주한 일상을 벗어나 여행을 떠나고 싶었습니다. 그것이 애도의 시간이라면 애도여행이라 칭하고 싶습니다. 이 책에서는 전인적 애도상담모델을 기반으로 한 애도여행을 각 단계로 소개하려고 합니다.

저와 함께 애도여행을 떠나보실까요. 참, 여행에는 지도나 길안내가 꼭 필요합니다. 저를 애도여행에 길을 안내해 주는 안내자라고 생각해 주시면 됩니다. 아니면 애도여행의 동반자라고도 여겨주시면 좋습니다. 그렇게 함께할 수 있다면요. 그리고 저는 가만히… 그저 충분히 울 수 있도록 당신 곁에 있겠습니다.

# 1) 애도여행을 소개합니다

　앞에서 이야기했듯이 애도는 과정과 단계, 과업이 있으며, 알렌 휴 콜 박사는 앞서 얘기한 워든의 애도의 과업에서 더 나아가 휴식과 상실의 회복 그리고 머물기를 추가하였습니다. 울펠트는 애도상담이란 치료가 아니라 사별로 인한 아픔과 슬픔을 겪는 이와 함께 있으면서 마음을 보듬어 주는 '동반'으로 이해하였습니다. 이러한 애도 과정을 지나면서 사별을 겪은 이는 세상을 살아가는 힘을 얻게 되며 새로운 방법을 배워가게 되는 것이라 할 수 있습니다. 저는 이 과정을 '애도여행'이라 하려고 합니다.

　애도여행과 과정에서 가장 중요한 부분을 차지하는 것은 바로 '이야기'인데요, 즉 사별 대상자에 대한 이야기와 나의 이야기, 또 주변 중요 인물들의 이야기, 그때 그 시간 속에서 기억나는 여러 이야기는 애도자의 실존적 통찰에 영감을 주게 됩니다. 나아가 이야기를 함으로 나의 관점을 해석해 가고 나의 기억에 대한 타인의 관점을 다시 이야기하며 또한 주요 인물들과 다른 관점으로 또다시 이야기함으로 어쩌면 변화와 회복에 이르게 된다고 볼 수 있습니다. 이어서 애도 시간에 이야기함으로 경험에 대한 대안적인 해석에 애도자의 눈이 활짝 열릴 수 있도록, 애도자의 이야기를 제한된 구성으로부터 다양한 관점으로 자유롭게 다시 써나갈 수 있도록 적극적으로 도울 수 있다고 봅니다. 이렇듯 애도여행에는 각자의 이야기를 풀어내는 것으로 시작하고 또 이야기를 통해 표현하고 나타냅니다.

## 첫 번째 여행

애도여행의 첫 번째는 '울기'입니다. 우리는 때로 울어야 삽니다. 울 수 있는 시간이 필요합니다. 애도는 울음에서 출발합니다. 여기서 울음은 슬픔을 받아들이고 감정을 표현하는 것을 의미합니다. 그리고 울 수 있는 공간을 말합니다.

모든 사람에게 있어 가까운 사람의 죽음은 그 대상이 잘해주었건, 아니면 아픔을 주었건 또는 소중하건 소중하지 않건 가장 고통스럽고 가장 충격적인 이별이자 상실이라 할 수 있습니다. 그런 충격과 슬픔을 경험한 우리는 그 아픔과 슬픔에 깊이 빠져들기도 합니다. 사별 후 누구든지 애도 기간을 반드시 지나가게 되는데 그 기간에는 그들의 울음과 슬픔을 이해하고, 공감하고, 안아주고, 함께 울어줄 대상이 필요할 때도 있습니다. 도움을 청해도 됩니다. '좀 울어도 되겠냐고', '나는 좀 울고 싶다'고 말해도 됩니다. '그만 울라'라고 절대로 말하지 않겠습니다. 더 이상 울음이 나오지 않을 때까지 울고 또 울어도 됩니다. 화를 내어도 됩니다. 소리를 질러도 됩니다. 누군가를 원망해도 됩니다. 어느 누가 알 수 있겠습니까. 소중한 이를 잃은 충격과 슬픔을 어느 누가 다 헤아릴 수 있을까요. 자신의 가슴에 솔직하게 울음으로 나타내도 되는 것입니다.

결혼 후 어렵게 임신이 되었던 분이 있었습니다. 아이를 워낙 좋아하고 예뻐했던 이분은 결혼하기 전부터 아이가 생길 날을 생각하며 상상하며 준비했더랍니다. 그렇게 결혼을 했는데 생각과는 다르게 임신이 잘 되지 않았다고 합니다. 그러던 어느 날 꿈에 그리던 임신이 되었습니다. 얼마나 기뻤을까요. 그리고 또 얼마나 행복했을까요. 그런데 임신 3개월이 되었을 때 그 행복이 물거품이 되고 말았습니다. 안타깝게도 유산이 된 것입니다. 너무나 기다렸던 아기였는데, 그토록 간절히 바랐던 아기였는데 이분의 행복과 기쁨이 한순간에 사라져 버렸습니다. 그런데 유산 후 이분은 울지 않았다고 합니다. 자신의 아픔에 깊이 들어가 버리면 도저히 견딜 수 없을까 봐… 울음도 눈물도 참았다고 합니다. 그런데 이상하더랍니다. 울음을 참다 보니 더 슬프고 힘들었다고 고백하였습니다. 오히려 가족들에게도 섭섭함이 커졌다고 합니다.

슬프고 아픈 일을 겪었을 때는 울어도 됩니다. 울어도 된다고 말씀드리고 싶습니다. 그때 울음을 참게 되면 오히려 다른 슬픔으로 왜곡되어 찾아옵니다. 그리고 애도의 시간은 주변의 위로를 받아야 할 때입니다. 슬픔으로 깊이 들어가야 다시 나올 수 있습니다. 애도감정은 그렇게 표현되고 그 비탄의 시간을 통과해야만 합니다. 그래야 회복도 따라오게 됩니다.

애도자의 가족이나 곁에 있는 분들은 그의 슬픔을 안아줄 수 있기를 바랍니다. 기쁜 일이 있을 때 함께 기뻐하고, 슬픈 일이 있을 때 함께 위로하는 이가 진정한 관계일 것입니다.

저는 몇 년 전 친정엄마를 떠나보내고 철저히 홀로 있고 싶었습니다. 현실적으로 돌봐야 할 가족들이 있었기에 그럴 수는 없었지만 그 당시 저는 아무것도, 아무 일도 하고 싶지 않았습니다. 매일 상담은 했습니다. 왜냐하면 저와 같이 애도가 필요한 분들이 상담센터로 오는 것이었으니까요.

도움이 필요한 분들이 오는 것이니 사별 아픔 뒤 그들과 더 공감할 수 있겠구나 하는 마음에 오히려 애도 기간에 상담을 더 많이 하였습니다. 그러나 다른 관계들은 일단 제쳐놓고, 어딘가에 가서 홀로 있고만 싶었습니다. 그렇지만 한편으로는 진정한 위로가 필요했던 시간이었습니다. 입맛이 없고 기력도 없어 밥 한 숟가락 뜨는 것이 참으로 힘겨웠습니다. 그래서 그 당시 그런 저를 헤아려 '밥이라도 꼭 챙겨 먹으라'고 죽을 가져다주셨던 분의 손길을 저는 아직도 잊지 못합니다.

애도여행 중에는 위로의 말도 좋지만 그에게 무엇이 필요할까를 헤아려 보는 것도 중요합니다. '아픈 자와 함께 함'. 그것이 위로이고 공감입니다. 온몸과 온 마음으로 아픔에 동참하는 것

입니다. 우리는 언제든지 애도자가 될 수 있고 또 위로자가 될

수 있으니까요.

● 충분히 울어도 괜찮습니다

혼자 있을 장소를 찾아보세요. 방해받지 않을 조용한 곳도 좋습니다. 자동차 안이나 집도 괜찮습니다. 극복하고 이겨내기 위한 장소가 아닌 통곡하고 울 수 있는 곳을 찾으세요. 큰 소리를 지를 수 있는 곳도 좋아요. 만약 혼자서는 힘들다면 나의 울음을 그냥 들어줄 대상을 찾으세요. 오랜 친구나 선배, 멘토도 좋습니다. 상담실도 좋습니다.

**어디가 좋을까요? 공간과 장소를 적어보세요.**

---

---

---

---

- 함께 하는 분을 위한 팁: 무조건 그냥 들어주시길 바랍니다. 당신이 친구일 수도 상담자일 수도 있습니다. 애도하는 이를 위해 충분히 울 수 있도록 그냥 곁에 있어주세요. 때로 티슈가 필요하다고 요청할 때 티슈를 조용히 앞에 놓아주세요. '그만 울라'고 절대 하면 안 됩니다. 이때 당신에게 필요한 것은 '긍휼'과 '공감'입니다.

## 두 번째 여행

애도여행의 두 번째는 '기억하기'입니다. 사별로 인해 떠나간 대상을 그리워하는 시간입니다. 떠나간 이를 하나하나 기억하고 떠올려 보는 것이지요. 이별한 대상과의 기억들을 처음부터 현재까지 다시 떠올려 기억하는 과정이라고 할 수 있습니다. 사실 기억하기 애도여행은 일부러 이 시간을 갖지 않아도 떠나간 존재가 그립고, 보고 싶고, 생각이 납니다. 그러므로 조금 더 제대로 기억하고 생각하라고 자리를 펴주는 것과도 같습니다.

이번 여행에서는 어린 시절 첫 기억부터 현재의 기억까지 그 대상과의 관계기억을 집중하여 이야기합니다. 이 과정을 통해 사별한 대상에 대한 어떤 기억들과 그 기억들 속에서 애도자의 지배적인 이야기를 찾아갈 수 있습니다. 또한 사별한 대상과의 관계기억뿐 아니라, 애도자 자신의 전체기억을 이야기함으로 좀 더 깊이 그의 '무의식적 나'의 심리적 원형이나 관계를 맺는 패턴, 그리고 흐름 등을 찾을 수도 있습니다. 그러기 위해서는 실은 전문가의 도움도 필요하겠지요. 전체 기억들을 이야기하는 시간이기에 할 수만 있다면 이 여행에서는 기억의 이야기를 들어줄 누군가가 있으면 좋을 것입니다.

그러나 혼자서 이 두 번째 여행을 하게 된다면 기억을 떠올리기에 좋은 그동안의 사진들을 보는 것을 추천합니다. 이별한 대상과의 첫 만남부터 시작하여 여러 추억들이 묻어있는 사진들을 보면서 그와 나의 이야기를 다시 정리해 보는 것도 좋습니다. 여행 시간 동안 이별한 대상에게 그리운 마음을 편지로 써보는 것도 좋고, 어린 시절의 나 자신에게 편지를 써보는 것도 더욱 좋습니다. 사진들을 정리하면서 동시에 앨범 작업을 다시 시간 순서대로 해보는 것도 기억하기에 도움이 될 것입니다. 이런 작업등을 통해 사별한 대상과의 기억들을 재정리하고 다시 떠올려 보는 기억여행의 시간을 갖는다면 이별한 대상에 대해 그동안 떠오르지 않았던 따뜻하고 새로운 기억들이 떠오를 수도 있습니다.

아버지와 사별한 지 12년 된 후에 상담으로 만난 여성분이 있었습니다. 이분은 아버지가 떠나시고 난 뒤 결혼도 하였고 그렇게 새로운 가정을 이루었습니다. 이분과 애도여행을 꽤 오랜 시간 가지게 되었습니다. 아버지와의 모든 기억들을 떠올려 보았지요. 많은 기억들을 가지고 있었습니다. 우리의 기억들은 그 사람을 이해하는 데 매우 중요한 단서가 되곤 하는데, 때로 기

 오늘은 울어도 됩니다

억들은 사실이 아닐 때도 있습니다. 또는 내가 기억하는 것에 대해 검증이 필요한 경우도 있지요.

이분의 기억들 속에 아버지는 어떤 존재였을까요? 이분의 아버지는 참 따뜻한 분이었던 것 같았습니다. 그렇게 기억하고 있었고요. 잠을 잘 때 아버지가 팔베개해 주셨던 것, 담배 연기로 도넛을 만들어 울고 있는 딸을 웃음 짓게 해주었던 일, 늦둥이 딸이 행여 손녀로 오해받을까 봐 시장에 같이 데리고 가면 물어보는 사람들에게 자랑스럽게 '내 막둥이 딸'이라고 말씀하셨던 일 등을 기억하였습니다. 저 또한 그런 아버지 기억 이야기에 마음이 따뜻해졌습니다. 기억은 기억을 불러일으키는 힘이 있기에 기억들을 떠올리면 떠올릴수록 새로운 기억들이 솟아났습니다. 평소에 생각나지 않았던 아버지에 대한 기억들과 모습들이 수면 위로 떠올랐습니다. 아버지가 일하시던 모습, 밥해주시던 모습, 웃으시던 모습, 그리고 아버지의 어린 시절 이야기까지…

아버지는 불우한 어린 시절을 보내셨다고 합니다. 어릴 때 친어머니를 죽음으로 떠나보내고 새엄마 밑에서 자랐다고 했습니다. 그리고 그렇게 따뜻한 사랑을 받지 못한 채로 소외된 어린 시절을 지냈다고 기억하였습니다. 그런데 인생은 참으로 아이러니하지요. 아버지도 어여쁜 처자와 혼인을 하였는데 아내도 병이 깊어 세상을 떠나고 말았습니다. 남편과 딸들을 두고 말이지요. 그래서 재혼을 한 뒤 자녀들을 낳았는데 그중 막내가 본인이었다고 합니다. 아버지 자신도 새엄마 밑에서 자라 힘겨 웠는데, 당신도 결국 딸들에게 새엄마를 만들어 준 격이었습니다. 더 마음 아픈 것은 두 번째 아내도 병으로 세상을 떠나고 말 았다는 것입니다.

아버지의 인생을 기억하는 동안 저를 포함해 이분도 얼마나 울었는지 모릅니다. 한 존재로서 아버지의 인생이 참으로 가여 웠습니다. 외롭고 서러운 어린 시절과 아내를 두 번이나 먼저 저 세상으로 떠나보낸 홀아비의 삶… 그리고 홀로 어린 자녀들 을 키워내려 발버둥 쳤을 그 세월들이 조각조각 지나갔습니다. 저는 이분에게 물었습니다. 그런 아버지께 무슨 이야기를 하고 싶냐고요. 이분이 답했습니다.

"아버지… 정말 고마워요. 혼자 정말 애쓰셨어요."

아버지께 들은 기억들을 바탕으로 아버지의 인생 이야기를 기억해 보는 것도 애도여행에 함께 하면 좋습니다. 아버지가 어 떻게 살아왔는지 한 번은 반추해 볼 가치가 있습니다. 아버지뿐 만 아니라 우리를 떠난 이들의 인생 이야기를 기억하고 그의 원 가족과 더불어 그가 한 존재로 살아왔던 날들을 기억해 보는 것 은 의미가 있습니다. 나의 아버지가 되기 전, 나의 어머니가 되 기 전, 나의 형제자매이기 전에 한 사람으로서의 그 사람의 역 사와 이야기는 그를 이해하고 애도하는 데 도움을 줍니다.

● 당신을 기억합니다

기억 속으로 들어가 봅니다. 어린 시절의 나를 떠올려 보고 가장 먼저 떠오르는 첫 기억을 그려보거나 적어보는 것도 좋습니다. 심리학자 아들러는 첫 기억의 중요함을 이야기했습니다. 첫 기억은 내게 말해주는 나의 주요 메시지입니다. 생애 첫 기억부터 유아기, 유년기, 사춘기를 지나 청년 그리고 현재까지 자신의 역사를 기억해 보세요.

**당신의 생애 첫 번째 기억은 어떤 것인가요?**
**그림이나 글로 적어보세요.**

─────────────────────────────────────

─────────────────────────────────────

─────────────────────────────────────

– 사별한 경우라면 고인과의 관계기억을 떠올려 보세요. 그와 나의 관계는 어떠했는지, 어떤 기억들을 내가 가지고 있는지 적어보는 것도 좋습니다. 떠나간 고인을 기억하며 추모하는 시간이 됩니다. 기억을 떠올릴 때 혹시 슬픔이 파도처럼 밀려온다면 다시 울어도 됩니다. 그립고, 보고 싶다면 그렇게 표현하고 말해도 됩니다. 또는 아픈 기억이 떠올라 화가 나거나 분노의 감정이 생길 수도 있습니다. 그럴 때도 화가 나고 미웠던 감정을 표현하세요.

애도여행의 세 번째는 '다시 의미부여 하기'라고 할 수 있습니다. 두 번째 여행에 이어서 애도자의 기억들을 이야기하는 가운데 제삼자가 되어 다른 관점으로 나 자신의 삶을 바라보는 것이라 할 수 있습니다. 기억 속의 나를 보면서 좀 더 객관적으로 나를 볼 수 있게 됩니다. 이런 시간을 통해 '통찰'이 일어나게 됩니다. 여기서 '통찰(Insight)'이란 자신이 처한 상황이나 자기 문제의 본질을 이해하는 능력이나 행동을 말하는 정신분석적 용어이지요. 상담에서는 회복과 변화를 위해 깨달음의 의미로 사용되고 있으며 자기인식을 할 수 있는 능력이자 자기이해를 말합니다. 이와 같은 통찰을 통하여 사고 혹은 행동의 결정요인과의 연결 관계, 개인적인 사고방식이나 감정의 형태 등을 폭넓은 관점 안에서 자기를 바라볼 수 있게 됩니다. 그러는 가운데 자기의 삶에 새로운 의미를 부여하게 되는 것입니다.

그러므로 이번 여행에서 중요한 것은, 과거의 그 시절에서 느껐던 감정과 마음을 다시 내게 질문해 보는 것입니다. '지금의 나'가 '그때의 나'를 보면 어떤 마음이 드는지, 또 어떤 감정이 드는지 질문하고 이야기해 보는 것이지요. 또는 그런 통찰된 내용을 메모해 보거나 애도일기에 적어보는 것이 좋습니다.

현재의 내가 보는 관점과 더불어 사별한 대상은 어떤 마음일 것 같은지 질문해 봅니다. 이별한 대상은 그 당시 어떤 마음이었을 것 같은지 질문해 보는 것이지요. 또한 나를 아끼는 다른 사람은 그 기억에 대해 어떤 말을 할 것 같은지… 등에 대해 질문할 수 있습니다. 그 질문을 하는 이유는 다음과 같습니다.

첫째, 애도자의 기억과 경험에 대해 제삼자의 관점에서의 해석을 통해 애도자의 주관적이었던 기억을 보다 객관적이고 다른 각도로 볼 수 있도록 하는 것입니다. 둘째, 사별한 대상(현재 가장 중요한 대상)에 대해 부정적 기억들과 정서를 발견하지 못했던 따뜻한 기억들과 긍정적 정서로의 회귀 및 다른 각도에서의 조명이 새로운 이야기로의 전환점을 갖게 합니다. 셋째, 기억 속에 있거나 혹은 기억 속에 없었던 가족들과 다른 중요한 관계들이 새로운 방향으로 보이게 될 때 그때야 비로소 애도자의 주변 관계들에 대한 이해가 성장하게 되는데요.

특히 가족들의 전체 이야기들을 다시 바라보게 되며 들리게 됩니다. 저는 이 대목이 매우 중요하다고 봅니다. 어떤 면에서는 애도여행의 기적이 시작되는 정점이라고 할 수 있습니다. 그렇기 때문에 '질문하고' '이야기해서' '다시 의미부여 하기'가 통찰을 통해 일어날 수 있다고 봅니다.

오빠의 폭력으로 어린 시절 고통을 받았던 분이 있었습니다. 오빠의 폭력은 어린아이가 감당하기 쉽지 않았습니다. 욕설과 무시하는 말 등 이분이 오빠로부터 가장 많이 들었던 말은 '밥통', '멍청이'였다고 합니다. 그리고 틈만 나면 발로 차고 주먹으로 때리곤 했답니다. 깊은 시골에서 살았기에 부모님이 논에 일을 하러 가시면 어린 자녀들이 각자 자기의 역할을 했다고 합니다. 밥을 하고, 국을 끓이고, 소에게 줄 여물을 끓여 먹여야 했고요. 오빠는 소에게 여물을 주는 일을 했답니다.

하루는 여물 끓이는 걸 잊어버려 오빠에게 혼이 났다고 해요. 욕설과 폭력은 사소한 일에도 끊이지 않았습니다. 반복적인 폭력에 노출이 되다 보면 안타깝게도 익숙해지는 경향이 있습니다. 그리고 정말로 내가 오빠가 말한 대로 멍청이, 바보, 밥통이라는 신념에 빠지게 됩니다. 이분도 자신이 언제나 밥통이라는 믿음(?)이 있었습니다. 자신이 지능이 낮고 생각을 잘하지 못한다고 여겨왔었지요. 그게 사실일까요? 그렇지 않습니다. 오빠에게 폭력을 당하는 동안 이분은 나름 생존하기 위해 무의식적인 방법을 써야만 했습니다. 생각하기를 멈추는 것이었지요. 생각을 멈춰야만 오빠를 원망하지 않을 수 있었으니까요. 그래도 피를 나눈 오빠였기에 오빠를 미워할 수 없었으니까요. 오빠에게 맞으면서도 이분은 자신을 탓했습니다. '내가 멍청해서 그래', '왜 그걸 잊어버렸을까'. 오빠를 미워할 수 없으니 미움의 대상을 자신으로 바꿔버린 것입니다. 그래야, 그렇게라도 해야 숨을 쉴 수 있으니까요. 누군가는 미움의 대상이 되어야만 했기 때문입니다.

그런데 애도여행 중에 이분은 어린 시절의 오빠를 만났습니다. 그 시절의 이분은 자신을 '피해자'로만 기억하고 있었지요. 피해자가 맞습니다. 폭력을 당했으니까요. 그러나 어린 시절 오빠를 다시 만나니 새로운 관점으로 그때의 상황이 보였습니다. 오빠는 그 당시 한참 사춘기가 진행되고 있었다는 것을 깨닫게 되었습니다. 그것은 한 번도 생각해 보지 않았던 부분이었습니다. 그뿐만 아니라 오빠에게 가장 소중한 대상이 사라진 사건이 있었는데요. 바로 엄마가 세상을 떠난 것이었습니다. 엄마를 잃은 상실의 아픔은 어린 내게만 일어난 일이 아니라 어린 오빠에게도 일어난 일이었음을 알게 되었습니다. 오빠에겐 어쩌면 더 큰 충격으로 다가왔을 상실이 이제야 보이게 된 것입니다. 어쩌면 오빠도 하루아침에 엄마를 잃은 가엾은 피해자였음을 깨닫게 되었습니다.

외롭고 힘들었을 오빠를 어느 누구도 돌보지 않았던 것을, 한 번도 바라봐 주지 않았다는 것을, 그렇게 늘 홀로 울고 있었을 오빠를 보게 된 것입니다. 그러면서 그 당시 소년인 오빠의 힘 없던 눈빛이 기억났습니다. 눈물과 화로 붉어져 있던 오빠의 얼굴이 기억났던 것이지요. 가여운 오빠였음을 보게 된 것입니다. 오빠도 사랑과 돌봄이 필요했던 아이였다는 사실에 이분은 한참을 내내 울었습니다.

　자신의 기억을 떠올리며 그때의 나를 만나는 시간, 그때의 가족과 이별 대상자를 만나는 시간, 또는 주변 가족들과 누군가를 만나는 시간을 통해 우리는 애도여행 중에 깊은 통찰을 할 수 있게 됩니다. 그리고 나면 불행한 줄만 알았던 나의 인생과 어린 시절이 새롭게 보이기 시작합니다. 또한 어떤 의미를 새롭게 부여할 수 있게 됩니다. 이것이 애도여행의 기적이 됩니다.

● 의미 만들기

두 번째 여행에서 고인과의 관계기억을 떠올리면서 우리는 그때 그 시절의 시간으로 들어갑니다. 그 당시에는 그냥 살아온 것이었는데 그 기억으로 돌아가 보면 다른 내가 보이기도 합니다. 그 시절의 나와 대화를 해보는 것도 좋습니다. 그때의 나를 생각하면 어떤 마음인지 이야기해 보세요. 현재의 내가 그때의 나를 만나면 무슨 이야기를 들려주고 싶을까요?

**그때의 나에게 하고 싶은 말을 적어보세요.**

---

---

---

---

---

- 그 당시 기억 속에서 다른 사람의 마음은 어땠을지 생각해 보세요. 예를 들어 형제자매나 부모님의 마음을 생각해 보는 것이지요. 학교에서의 기억이라면 그때 옆 친구의 마음은? 선생님의 마음은? 또는 내가 만약 그 친구였다면? 선생님이었다면? 이렇게 다른 관점에서 추측해 보는 거지요.

**내가 만약(       )라면?**

**그때 날 보는 친구(선생님)의 마음은 어땠을까?**

## 네 번째 여행

애도여행의 네 번째는 '떠나보내기'입니다. 여기서 떠나보낸다는 것은 분리를 말하는 것이 아니라 상실이라는 현실을 받아들이는 수용의 의미가 더 큽니다.

저는 2019년 12월 8일에 어머니와 사별하였습니다. 아버지는 2003년 2월에 세상을 떠나셨습니다(아버지는 제 곁을 떠난 것이 아니기 때문에 곁을 떠났다고 말할 수 없었습니다). 지금도 저는 코끝이 시큰한 겨울이 오면 어머니와 보냈던 마지막 시간이 떠오릅니다. 시간이 지났어도 여전히 미안하고 아쉬운 마음을 가지고 있습니다. 아버지와는 기억이 거의 없어 사별 후 애도 기간이 그리 길지 않았습니다. 저는 그렇게 느끼고 있지만 나중에 알게 된 사실은 아버지를 떠나보내는 시간도 꽤 길었다는 것이었습니다.

그러나 어머니와의 사별은 또 달랐습니다. 사별 후 애도 기간이 2년여간 지속되어 길어졌고, 또 제대로 애도할 수 없어서 한동안 괴로운 마음을 가지고 살았습니다. 사별한 대상과의 관계에서 풀지 못한 숙제가 있는 경우, 또 갑자기 사고로 사별을 한 경우 등은 이렇듯 저처럼 그 대상을 '떠나보내기'가 쉽지 않음을 알 수 있습니다.

저의 상담센터에도 사별을 겪고 상실의 슬픔을 가지고 있지만 대부분 애도 기간이 한참 지난 후에 상담실에 찾아오는 경우가 많습니다. 또 제대로 애도기간을 보내지 못한 경우가 대부분입니다. 이로 인해 생기게 되는 정서적 고통이 여러 모습으로 나타나는 경우가 있습니다. 그렇게 되면 건강하게 '떠나보내기'가 지연되면서 괴로움과 미해결된 숙제가 상당 시간 내담자의 내면을 괴롭힐 수 있습니다.

보통의 경우는 시간이 해결해 준다는 생각으로 애도 기간 중에 상담이나 도움을 받는 것조차 생각하지 못하고 있는 것을 봅니다. "에잇 시간이 지나면 될 거야."라고 슬픔을 그냥 시간 속으로 묻어버리려고 하는 경우가 많습니다. 물론 시간이 지나면 감정의 색은 옅어집니다. 그러나 사별 등 이별을 경험한 이들은 반드시 이별한 대상을 건강하게 떠나보낼 수 있어야 합니다. 건강하게 떠나보내기가 되려면, 충분한 애도 기간을 지나면서 앞의 첫 번째부터 세 번째 여행을 지날 수 있어야 합니다. 그다음에 떠나보내기가 가능하게 됩니다. 건강하게 그 대상에 대해 '떠나보내기'가 될 때, 비로소 다시 자신에 대해 맞아들이기가



오늘은 울어도 됩니다

가능하게 됩니다.

　저도 어머니 사별 후 세 번째까지의 애도여행을 지나고 나서야 그렇게 자신의 기억조각과 어머니와의 기억여행을 통해 새로운 관점으로 자신의 삶이 재조명되었습니다. 그러는 가운데 나 자신을 새롭게 다시 바라보게 되면서 어머니를 떠나보낼 수 있었습니다. 어머니와 나 사이에 해결되지 못했던 숙제가 조금씩 해결되어 어머니의 이야기를 받아들이고 이해하게 되면서 그때야 비로소 '엄마, 잘 가요'라는 말을 어머니 묘지에 가서 할 수 있었습니다. 잘 가라는 인사는 처음이었습니다. 어머니를 떠나보내고 난 뒤 저에게 찾아왔던 마음 깊은 '자유로움'을 저는 기억합니다. 무언가 가슴 속 얹힌 것이 쑥 내려간 느낌이랄까요. 답답하고 흐렸던 하늘이 갠 느낌이었습니다. 이별 후 우리에게 시간이 필요한 것은 맞는 이야기지만, 그 시간을 어떻게 지나느냐에 따라 새로운 나로 맞아들일 준비를 할 수 있게 되며, 새로운 존재로서의 삶을 살아갈 토대를 마련할 수 있게 되는 것입니다.

　아버지를 사별로 떠나보내고 7년 정도 지난 분이 있었습니다. 이분은 큰아들로서 아버지께 잘 사는 모습을 보여드리고 싶은 마음이 항상 컸습니다. 그런데 아버지는 언제나 자신을 많이 걱정하는 듯했다고 합니다. 장남인 자신이 경제적으로 안정되지 못하는 것에 대해서도 아버지는 걱정을 많이 했더랍니다. 그런데 갑작스러운 사고로 아버지가 떠날 줄은 꿈에도 몰랐습니다.

마지막 순간에도 아버지는 안쓰러운 눈으로 자신을 보던 것을 아직까지 잊기가 힘들다고 하였습니다. 시간이 지날수록 자신의 경제적 형편이 조금씩 나아지는 것 같을 때마다 아버지 생각이 나서 미칠 것 같다고 하였습니다. 큰아들인 자신의 이름을 불러주던 아버지, 늘 장남인 자신을 걱정하시던 아버지, 좀 더 잘 사는 모습을 보여주고 싶었는데 그렇게 허망하게 떠나신 아버지를 이분은 여전히 붙들고 있었습니다. 떠나보내기가 어려웠습니다. 아마도 아버지를 보낼 수 없었을 것입니다. 아쉬운 마음이 얼마나 컸겠습니까. 자신에 대한 원망도 있었겠지요. 삶에 대해 허망하고 허무한 마음이 이분을 사로잡아 버렸습니다. 헤어 나올 수 없는 깊은 우울감이 이분을 오랜 시간 힘들게 하였습니다. 아버지가 좋아하시던 음식을 먹을 때마다 눈물을 삼켰다고 하였습니다. 아버지 물건을 볼 때면 슬픈 감정에서 빠져나오는 데까지 한참 걸린다고 하였습니다.

아버지는 이분 곁을 떠났지만, 이분은 아버지를 떠나보낸 적이 없었던 것이지요. 미안함에, 죄송함에, 아쉬움에 계속 아버지 존재를 자기 곁에 붙들어 놓고 싶었을 것입니다. 이 세상에는 더 이상 없지만 내 곁에는 늘 살아 숨 쉬는 존재가 된 것입니다.

이렇게 떠나보내는 여행은 시간이 조금 더 걸릴 수 있습니다.

경우에 따라 좀 어려울 수도 있습니다. 그러나 서두르지 않아도 됩니다. 시간이 필요하면 필요한 대로 두어도 괜찮습니다. 다만 자신을 너무 혹사시키거나 자신을 너무 학대하지 않기를 바라는 마음입니다. 떠나가신 분들도 남아있는 이들이 그렇게 지내기를 바라지 않을 테니까요.

● 떠나보냅니다

여기서 떠나보내기는 이별의 의미가 아닙니다. 상실을 받아들이는 마음입니다. 이 여행에서는 추모하는 의식을 행해도 좋습니다. 떠난 이에게 편지를 써보는 것도 필요합니다. 그의 묘지에 가서 편지를 두고 오시거나 읽어도 좋습니다. "오늘 안녕 ~ 내일 만나요."라고 말해도 좋습니다.

**꽃을 준비해 보십시오. 그가 떠난 자리에
꽃을 두고 오셔도 됩니다.
아니면 집 안에 꽃을 꽃병에 꽂아두셔도 좋습니다.**

- 동영상을 촬영해 보십시오. 조금 쑥스러울 수 있지만 영상편지처럼 혼자서 하셔도 되고 가족들과 같이하셔도 좋습니다. 떠난 이에게 하고 싶은 이야기를 해보세요.

# 다섯 번째 여행

애도여행 다섯 번째는 '다시 맞아들이기'라고 할 수 있습니다. 앞서 떠나게 되는 여행을 지나면 자연스럽게 이루어질 수 있는 여정입니다. 또 그동안의 애도여행을 하면서 어느 정도 마음의 변화를 경험했을 수도 있습니다.

이별한 대상을 건강하게 떠나보내기가 되고 나면 비로소 자신에 대해 관점이 달라지면서 다른 자기 자신에 대해 새롭게 맞아들일 수 있게 된다고 할 수 있습니다. 여기서 중요한 점은, 지금까지 자신의 삶 속에서 지배적이던 이야기를 새로운 대안적 이야기로 바꾸는 작업입니다. '지배적 이야기'는 이야기 치료에서 중요하게 다루는 개념인데요, 우리는 대부분 자신의 삶의 이야기를 가지고 있지요. 그 이야기의 전개와 흐름은 해석과 기억하기에 따라 달라지게 됩니다.

가령 '나는 불행했다'라는 이야기 스펙트럼을 지배적으로 가지고 있는 누군가가 있다면 그 사람의 인생 이야기는 주로 '불행하다'에 초점이 맞추어 있을 것입니다. 그의 지배적 이야기는 잘 바뀌지 않고 불행한 기억들 중심으로 인생이 쓰여지겠지요. 그러나 애도여행을 통해 자기의 삶을 다시 맞아들이기를 할 수 있게 된다면 어떤 변화가 일어날까요? 자신의 삶에 대해 지배적이던 이야기가 조금씩 새로운 대안적 이야기로 바뀌게 될 것입니다. 그렇게 할 수 있도록 돕는 것이 애도여행이기도 하니까요. 여기서 새롭게 맞아들이는 대상은 자기 자신뿐 아니라 이별한 대상을 비롯하여 가족들과 중요한 관계 그리고 공동체를 포함하고 있습니다.

관계는 연속성과 영향력이 있어서 자신에 대해 새롭게 맞아들이게 되면 동시다발적으로 주변 대상들과 가족들에게도 새롭게 받아들이게 되는 놀라운 일이 일어나게 됩니다. 예를 들어 아버지와 사별한 딸이 애도여행을 통해 앞서 첫 번째부터 여행을 쭉 지나 건강하게 아버지를 떠나보내고 나면 아버지를 다시 자신의 삶의 기억 속으로 새롭게 가지고 오게 되는 것처럼 말입니다. 자신의 삶에 대해 새로운 이야기를 쓸 수 있게 되는 것, 그렇게 자신을 새로운 관점으로 보게 되고 자기 삶에 대한 새로운 해석이 가능하게 되는 것 또한 애도여행의 의미이기도 합니다.

저는 사별 후 어머니를 떠나보내기를 한 뒤에 새롭게 조명되었던 자신의 기억들 속에서 그동안 전혀 떠오르지 않았던 기억들이 하나둘 떠오르기 시작하였습니다. 신기한 일이었습니다. 그것은 어머니에 대한 따스했던 기억들이었지요. 그러고 보니 어머니에 대한 저의 지배적이던 기억과 이야기는 '상처뿐인 삶'이었고, 어머니는 '내게 상처를 준 존재'였던 것입니다. 애도여행이 진행되는 동안 저의 기억 속에서 새로운 모습들이 떠올랐습니다. 어머니와의 따뜻했던 기억들이었습니다.

저의 긴 머리를 날마다 땋아주시던 어머니의 손길이 기억났습니다. 5학년 때까지 어머니 젖가슴을 만지고 잤던 일, 그리고 그런 저를 한 번도 귀찮아하지 않던 그 당시의 어머니가 기억났습니다. 이전엔 떠오르지 않았던 다정했던 어머니의 손길과 애쓰던 모습들, 저를 바라봐 주던 안쓰러워하던 눈빛, 머리카락을 쓸어내려 주던 어머니의 손길과 잠자는 저의 얼굴을 만져주던 따스했던 손길은 상처뿐이라고 믿고 있던 제 기억 속에는 없던 것이었습니다.

그러나 저의 삶을 다시 새롭게 맞아들이고 나니 조금씩 생각나고 떠오른 것이지요. 저를 아프게 하고 상처를 주던, 그렇게 매를 들고 있던 손길이 아닌, 다른 손길이 보이게 된 것입니다. 그러다 보니 저는 어머니의 존재를 다시 마음속에 받아들이게 되었습니다. 어머니를 부정적인 기억들로 얼룩진, 자신에게 상처만 주었던 대상이 아니라, 따스하고 사랑을 주었던 소중한 존재로 새롭게 받아들이게 된 것입니다.

즉 어머니로부터 '상처받았던 나'가 아니라 어머니로부터 '사랑받았던 나'로 나 자신을 받아들이게 되면서 재해석된 것입니다. 어쩌면 다섯 번째 애도여행에서 중요한 부분이 바로 이렇게 이별의 대상과 새로운 자신을 맞아들이게 되는 여정일 것입니다. 바로 과거 기억들을 재조명하여 새로운 이야기의 주인공이 자신이 되는 과정을 경험하게 되는 것이지요. 나라는 존재가 부정적이고 상처받았던 이야기 속의 주인공이 아니라 따뜻하고 충분히 사랑받았던 아름다운 이야기 속의 주인공으로 전환되는 여정인 것입니다. 그렇게 되면서 마지막 여행의 기틀을 만들게 되며 이제 새로운 존재로 새 삶과 의미를 창조해 낼 수 있게 되는 것을 기대할 수 있습니다.

여자친구와 헤어지는 과정에서 깊은 상처를 입은 고등학생이 저를 찾아왔습니다(뒤에서도 다시 이야기하겠습니다). 이 학생과 처음 만난 날을 잊을 수가 없습니다. 세상을 더 이상 살지 않을 것처럼 씻지도 않고, 머리도 길고 덥수룩한 모습이 무척이나 안쓰러웠습니다. 그래도 다행스러웠던 것은 저에게는 조금씩 말문을 열어주었고 차츰차츰 마음도 열어 대화가 가능해졌습니다. 서로 많이 좋아했던 여자친구였다고 했습니다. 그런데 여자친구에게 상처를 받게 되는 일이 생기고 만 것이지요. 여자친구뿐 아니라 주변 사람들에게도 실망을 하게 된 일이 생겼던 것입니다.

그 일로 인해서 선생님에게는 실망을 하게 되었고 여자친구와는 이별을 하게 되었습니다. 다른 친구들에게도 실망과 상처를 받게 되어 학교를 그만두고 싶은 마음이 컸습니다. 사람들에게 실망하고 인간적으로 상처를 받게 되면 앞으로의 인간관계가 참 힘겨워질 수 있습니다. 그렇게 여자친구와의 이별은 큰 상실감을 주었습니다. 더군다나 다른 사람들로 인한 상처도 컸으니까요. 이 학생은 회복하기까지 시간이 필요하였습니다.

꺼내보고 싶지도 않던 자신의 상처를 조금씩 꺼내보기 시작하였습니다. 자신의 상처와 직면하는 것은 두려움을 마주하는 일이기 때문에 처음엔 겁이 납니다. 그리고 그렇게 겁이 나는 것이 당연합니다. 용기를 내어 자신의 마음을 보고, 그 당시의 상황에서 받았을 충격과 상처를 스스로 싸매어 주기로 하였습니다. 그렇게 자신을 보듬어 안아주기로 선택해 갔습니다.

저는 이 과정이 애도라고 봅니다. 아파서 무작정 덮어두었던 상처를 조금씩 꺼내어 마주하는 것. 그리고 그렇게 용기를 내어보는 것. 그리고 다른 누구도 아닌 스스로가 상처를 싸매어 주고 안아주는 것. 이런 애도의 시간을 지나고 나니 이 학생은 머리를 감고 상담실에 오고, 단정한 모습으로 말끔하게 씻고 오기 시작하였습니다. 그 전에는 상담시간 내내 고개를 푹 숙이고 한숨만 쉬었는데 그 후에는 고개를 들고 웃기도 하며 미래에 대해 이야기를 하기 시작하였습니다. 물론 환경의 변화와 부모님의 노력도 영향을 주었습니다. 그리고 학교생활도 계속하기로 하였습니다. 그리고 그 학생이 고백하였습니다. "지나간 것은 이제 지나간 것이죠. 더 이상 상처가 되진 않아요.". 저는 이 학생이 상처를 상처로 보지 않고 지나간 일로 여긴 것으로도 고마웠습니다. 지나갔다고 여길 수 있다는 것은… 어느 정도 아픔이 아물었다는 것을 증명하는 것이니까요.

자신의 상처에 대해 마주하는 과정을 통해 또 그런 값진 용기를 통해 다시 맞아들이기가 가능해집니다. 자기 존재에 대해, 주변 사람에 대해, 지나온 상처와 삶에 대해서도 말입니다.

● 다시 맞아들입니다

내 삶의 이야기는 무엇이었나요? 나는 누구라고 말할 수 있을까요?

**다시 새롭게 써보는 나의 이야기는 어떻게 바뀌었을까요?**
**한번 적어보세요.**

**나는 '(　　　　　　)한 나'였습니다.**
**그러나 이제는 '(　　　　　　)한 나'입니다.**

새롭게 떠오른 기억들이 있나요?

한 번 적어보세요. 따뜻한 기억들도 적어보세요.

나 자신을, 다른 가족을 꼭 안아주세요.

# 여섯 번째 여행

애도여행의 여섯 번째는 '새로운 존재로 나아가기'라고 할 수 있습니다. 이별을 경험한 이가 새로운 존재로 나아가며 미래를 향해 비로소 소망과 소명을 새롭게 조명해 보는 여정이라 할 수 있습니다. 이 여행은 애도여행의 마지막 여정으로서 애도자가 이별을 통해 깨닫게 된 의미를 나누는 시간을 말하는 것이지요. 이 마지막 여행에서는 앞서 참아왔던 소망과 기쁨을 누군가에게 나눌 수도 있습니다. 또한 이별을 경험하고 나서 깨닫게 된 삶의 의미를 생각해 보고 이야기할 수 있다면 더욱 좋습니다.

나아가 애도자는 앞으로 자신의 삶의 목적과 사명을 생각해 보며 찾아가게 됩니다. 어쩌면 이러한 여정 속에서 자신의 죽음까지도 생각하면서 새롭게 삶의 이야기를 쓸 수도 있겠지요. 무엇보다 애도자는 희망차게 이 마지막 여행을 보낼 수도 있을 것입니다.

이별한 대상이 자신에게 바라는 것이 무엇인지를 떠올려 보기도 하고 또 내가 어떠한 삶을 살기를 원하는지를 생각해 볼 수 있습니다. 또한 앞으로의 삶을 계획하며 청사진을 그려볼 수 있습니다. 남은 가족들에게 진정으로 하고 싶은 이야기를 할 수 있으며, 자신의 묘비명을 작성하면서 남은 자의 삶의 몫에 대해 나눠보는 것도 좋습니다.

저는 얼마 전 친정어머니를 사별로 떠나보낸 중년여성과 만났습니다. 이분은 자녀 문제로 고민과 걱정이 많았습니다. 처음에는 자녀상담으로 오셨다가 자신의 이야기를 꺼내놓게 되었습니다. 어머니를 떠나보낸 후 1년 반 정도가 지났음에도 아직도 우울하고 힘들다는 이야기를 하셨습니다. 이분을 보는 저도 마음이 많이 아팠습니다. 우는 것이 당연하고 애도 시간이 필요한 것인데 이분은 울면 안 된다며 자신을 질책하고 계셨습니다. 힘들게 떠난 어머니와의 마지막 순간을 잊을 수 없었을 것입니다. 그 시간이 두고두고 자신의 마음을 괴롭혔을 것입니다.

어머니가 떠나신 후 어머니께 그동안 하지 못했던 효도가, 못 다 드린 사랑이 이분을 절망에 빠뜨렸을 것입니다. 이제 다시는 볼 수 없는 어머니가 많이 보고 싶고 그리웠을 것입니다. 그리운 만큼, 미안함이 큰 만큼 괴로움도 오래 갑니다. 저는 이분이 충분히 울고, 충분히 아파하고, 충분히 그리워함으로 애도여행을 지나시기를 바랍니다. 그런 다음 좀 더 자유로운 마음으로 어머니를 그리워하실 수 있기를 바랍니다. 그렇게 새로운 존재로 나아가시길 돕고 싶습니다.

때로는 이별을 겪은 자신 스스로와 공동체가 함께 애도여행



오늘은 울어도 됩니다

을 보내기도 합니다. 그런 공동체가 있다면 더할 나위 없이 좋겠지요. 이별을 겪은 이와 함께 울고, 함께 기억하고, 함께 바라보고, 함께 떠나보내고, 함께 다시 맞아들이는 과정을 지날 수 있다면 혼자 이 시간을 지나는 것보다 힘이 더 날 것입니다. 또는 상담자의 도움을 받는 것도 좋습니다.

그러나 이분은 어디에 누구에게도 마음을 터놓을 수 없다고 한참을 그렇게 우셨습니다. "떠나간 어머니가 가장 바라는 것이 무엇일까요?". 제가 물었습니다. 눈물을 닦으신 그분이 말문을 열었습니다. "제가 이렇게 살지 않는 것이겠지요.". 저는 그분께 몇 번이고 말씀드렸습니다. 울어도 된다고요. 우는 것은 약한 것이 아니라고요. 우는 시간이 지나야 다시 힘을 낼 수 있다고 말입니다.

회복이 더디어도 괜찮습니다. 조금 시간이 걸려도 괜찮습니다. 결국 우리는 상실 후 애도의 시간을 통과하고 나면 삶에 적응하며 살아가게 되니까요. 지금은 울어도 되는 시간입니다. 이분은 울어야 할 때 울지 않아서 지금까지도 울음이 멈추지 않는 것일 것입니다(이 또한 함부로 단정할 수 없지만요). 그럴 가능성이 높은 것이지요. 우리는 슬픔의 바닥까지 내려가 울음이 다할 때까지 울어도 됩니다. 그러면 자신의 눈물을 닦을 힘도 생기고, 타인의 눈물을 닦아줄 성숙함도 갖게 됩니다.

애도자 혼자가 아니라 친구나 가족, 공동체와 함께할 수 있다면 이 애도여행을 지나는 가운데 건강하게 회복의 단계를 경험

할 것입니다. 그러는 가운데 점점 더 변화와 성숙을 향해 나아
가게 되고, 더불어 타자의 슬픔과 아픔에도 손을 내밀어 주는
성숙한 사랑의 지경까지 경험할 수 있을 것이라 생각됩니다.

우리는 갑자기 이 세상을 떠나버린 이에 대해서 서로 이야기
하기 어려워합니다.


제게는 스물네 살의 꽃다운 나이에 갑자기 세상을 떠난 제자
가 있었습니다. 함께 했던 시간이 꿈만 같고 좋은 팀워크로 해
외에도 같이 다녀왔던 멋진 학생이었습니다. 통기타도 잘 치고
노래하는 것도, 영어도 잘하던 이제 졸업을 앞둔 졸업반이었는
데 건강의 문제로 갑자기 떠난 것입니다. 그 당시 함께했던 공
동체와 팀원들은 큰 슬픔에 빠졌습니다.

멀리 그 친구 고향에서 장례식이 있던 날, 저는 임신 초기로
유산 징조가 있어 하혈을 하고 말았습니다. 그래서 함께 장례식
에 갈 수가 없었습니다. 그리고 저는 오랜 시간을 죄책감에 시
달려야 했습니다. 마지막 가는 것을 보지 못했다는 미안함으로
저의 임신이 기쁘지 않았고 매일 밤을 울면서 보내야 했습니다.
오랜 시간이 지나 한참 후 그 시절 함께했던 팀원 중 1명을 만
났습니다. 어렵게 그때의 이야기를 꺼낼 수 있었습니다. 실은
그 팀원들에게도 미안함이 컸던 터라 어떻게 말을 해야 할지 참
으로 어려웠습니다.

그래도 용기를 내었습니다. 그때 너무나 미안했다고, 나 자신

　　　　　　　　　　　　　　오늘은 울어도 됩니다

을 용서하기 힘들었다고, 오랜 시간 울었었다고, 지금도 그 학생이 그립다고…

꺼내기 힘들었던 떠나간 학생의 이름을 말하였습니다. 그리고 우리는 그날 상실 이후 돌봐주지 못했던 서로의 슬픔을 보듬어 주었습니다. 우리는 같이 그때 떠난 학생의 이름을 마음껏 부르며 함께 지냈던 추억들을 이야기할 수 있었습니다. 그렇게 용기를 내어 이야기할 수 있어서 다행이었습니다. 그제야 소중했던 그 학생을 제 마음에서 놓아줄 수 있었습니다. 그리고 하늘나라에서 다시 만나면 꼭 말해주고 싶습니다.

"○○야… 그때 너의 마지막 가는 길 함께하지 못해서 미안했어. 함께한 시간 동안 내게 빛나는 시간을 남겨주어 정말 고맙다."


우리는 상실 후에 상실의 대상에 따라 새로운 나로 다시 나아가는 것 같습니다. 그리고 어떤 경우에는 시간이 많이 걸리기도 하고 그 당시의 누군가와 함께 나누어야 할 이야기가 있기도 합니다. 조금 용기를 내어 함께 떠난 이에 대해 이야기해 보십시오. 함께 그리워해도 괜찮습니다. 그러고 나면 우리는 좀 더 새로운 나를 맞이할 수 있을지도 모릅니다.

이러한 애도여행을 지나면서 애도자는 상실과 이별의 슬픔을 지나 자유와 기쁨을 누리는 진정한 회복의 애도를 경험할 수 있기를 간절히 바라는 마음입니다.

● 새로운 존재로 나아갑니다

**나의 묘비명을 적어보세요.**

**나의 삶의 목적은 무엇이라 말할 수 있나요?**

**떠난 이가 현재의 나에게 바라는 모습은 어떤 것일까요?**

**내가 나 자신에게 바라는 모습은 무엇인가요?**

**나에게 편지를 써보세요. 현재의 나에게 써보는 것입니다.
또는 미래의 나에게 써보는 것도 좋습니다.**

# 애도여행

| 여행 | 애도여행 | 여행에 대한 설명 |
| --- | --- | --- |
| 첫 번째<br>여행 | 함께 울기<br>Spouting | 충분히 울어도 돼요.<br>더 이상 울음이 나오지 않을 때까지<br>울어도 되는 여정입니다. |
| 두 번째<br>여행 | 기억하기<br>Memorizing | 떠나간 이와의 기억들을 떠올려 보며 소중한 기억을<br>보물처럼 가슴에 깊이 간직하세요.<br>어린 시절부터 관계기억들을 떠올려 보세요. |
| 세 번째<br>여행 | 다시 의미 부여하기<br>Resemanticizing | 여러 기억들을 이야기하는 과정 가운데<br>제삼자가 되어보면서 다른 관점으로<br>나 자신의 삶을 바라보는 시간입니다.<br>기억들에 새로운 의미를 다시 부여해 봅니다. |
| 네 번째<br>여행 | 떠나보내기<br>Farewelling | 세 번째 여행을 지나오면 떠나간 분과<br>이별을 할 수 있는 힘이 생길 거예요.<br>다시 진정으로 떠나보내는 여정입니다. |
| 다섯 번째<br>여행 | 다시 맞아들이기<br>Reembracing | 앞의 여정을 통해 자신에 대해 새롭게 맞아들일 수<br>있게 된다고 할 수 있습니다.<br>여기서 중요한 점은, 지금까지 자신의 삶 속에서<br>지배적이던 이야기를 새로운 대안적 이야기로<br>바꾸어 간다는 것입니다. |
| 여섯 번째<br>여행 | 새로운 존재로<br>나아가기<br>Renewaling | 자신의 삶을 새롭게 바라보며 새로운 존재로<br>이제 나아가는 시간입니다.<br>마지막 여행으로서 새로운 삶의 의미를 발견합니다. |

## 짧은 조언

애도여행을 할 때 사랑하는 고인과 그에 대한 그리움, 그리고 자책감과 후회들을 이야기할 수 있는 누군가가 있다면 좋을 것입니다. 또 이 글을 읽는 분이 누군가의 애도여행을 함께하는 분이라면, 여행의 동반자로서 몇 가지 요구되는 것이 있습니다. 애도자가 충분히 울 수 있도록 공간과 시간을 마련해 주기를 바랍니다. 또한 가슴으로 들어주는 경청이 필요하고, 어떤 자세나 말에 대한 수용적인 태도가 요구됩니다. 적극적인 경청과 존재적 수용의 자세가 사별을 겪고 애도 과정을 지나고 있는 이에게 자신의 슬픔, 후회, 그리움, 등의 모든 정서를 쏟아내고 표현할 수 있는 장을 만들어 주게 됩니다. 그래야 애도여행을 하는 이에게 실제적인 도움이 무엇인지 파악할 수 있습니다. 특히 성급하게 조언하지는 마십시오. 무조건 들어주십시오. 그리고 함께 울어주십시오. 그럴 수 있다면요. 상실 후에는 애도 기간을 반드시 지나게 되어있고, 사람마다 그 시간과 결이 다르기 때문에 그의 애도 기간을 충분히 기다려 주어야 합니다. 어쩌면 기다려 주어야 하는 시간일 것입니다.

상실 이별을 경험한 이는 때때로 자신 안에서 모든 감정을 배제하고 이성적이고 논리적으로만 생각하기도 합니다. 자녀가 있는 경우 남은 자녀를 위해 또 자신의 남은 삶을 위해 악착같이 살아나가려는 의지가 때로는 건강한 애도 과정을 방해하는 요소가 되기도 합니다. 분명 자녀들을 양육해야 하는 부담과 여러 고통이 있어 그 짐을 어느 누구에게도 나눌 수 없는 상황이라면 주저앉아 울고 있을 시간이 없다고 판단할 수도 있습니다. 그런 분에게는 오히려 주변의 친구들이나 공동체가 도움을 줄 수 있다면 좋겠습니다. 어쩌면 실제적으로 충분히 울 수 있도록 자녀를 돌봐줄 수 있어야 하고, 경제적 상황들도 고려하여 도움이 절실한 상황일 수 있습니다.

애도 과정에는 이러저러한 애도자의 필요를 보고 조금이라도 채워줄 수 있다면 슬픔을 통과하는 데 힘이 될 것이라 생각됩니다.

# 네가 떠난 날

유혜진

겨울이

채 가시지 않던 그날

꽃처럼 소중했던

네가 떠나고


꿈인 듯

현실인 듯

받아들이기 힘든 날들에

울고 또 울었다


그리고

슬픔의 날이 빗살처럼 지나

다시 오늘…


너의 남편은

남겨진 삶의 무게를 견디어 내느라

3년을 10년같이

아픔도 꾹 누르며 이 터널을 지나고 있다

너를 보듯

너의 남편을 본다

네가 떠나 아프듯

너의 남편을 보면

아프다


그래도 어이 하리

네가 간 곳은 하늘나라

이 세상에서 누릴 수 없는 평강과 안식으로

빛나고 있을 것이기에


내가 할 수 있는 것은

그저

슬퍼도 감사요

아파도 찬송이요

아쉬워도 믿음뿐이라


소망 없이 살면 힘겨운 이 세상

너로 인해 갖게 된

소망을 부여잡고

너도 만나고

우리 엄마, 아부지도 만나고

나보다 먼저 떠난 벗들도 만나고

존경하는 이들도

제자들도 만날 날을 기다린다


이 땅에서 남은 생

충성되이 살다가

우리 다시 만나자

다시 만나면

못했던 이야기 나누자

우리 손잡고 얘기 나누자

너의 아이들 컸던 이야기

나도 들려줄게


(제자를 떠나보낸 뒤 적은 저자의 애도 시)

# 우리들의 애도 이야기

이번 장에서는 그동안 제가 만났던 분들의 상실과 애도 이야기를 나누려고 합니다. 삶의 여정에서 상실과 슬픔을 경험하셨던 분들의 이야기입니다. 한 분 한 분 힘들고 고통스러운 이야기를 이곳에서 나눌 수 있도록 어렵게 마음을 열어 허락해 주셨습니다. 그래서 저는 이분들의 소중한 이야기와 귀한 그 마음이 헛되지 않도록 더욱 신중하고 조심스럽게 꾹꾹 눌러가며 기록하였습니다.

한 분께서 이런 말씀을 해주셨습니다. "저의 사례가 조금이나마 누군가에게 도움이 된다면 제 이야기를 써도 될 것 같아요.".

저는 너무나 감사하는 마음으로 소중한 이분들의 상실과 애도의 이야기를 꺼내봅니다. 이 이야기는 우리 모두의 이야기이기도 합니다.

# 1) 아버지를 보내며

아버지는 언제나 말이 없으셨다

어릴 적 마루에 앉아

아버지 걸어오시는 대문을 물끄러미 바라보고 있노라면

비틀비틀 노랫가락이 그렇게도 구슬펐었다

기어이 손에 들고 온 비닐봉지 속에는

토끼 같은 자식들 주려고 사 온

귤 이천 원어치.

그리고 털썩

하루의 고단함이 아버지 주름살만큼

깊고 또 깊었다

그때는 몰랐다

아버지가 얼마나 외로웠는지

새우잠 주무시던 아버지 뒷모습이 무엇을 말해주는지

그때는 몰랐다

아버지 떠나고, 차디찬 땅에 묻고 나니

자식들 때문에 버텨왔던 아버지 인생이 보이기 시작한다

아버지 마음이 이제야 느껴진다

늦어버렸는데.





## 홀로 떠난 아버지

평소 아버지와 관계가 그렇게 좋은 편이 아니던 분이 있었습니다. 이분이 생각하기에 아버지는 자기 자신밖에 모르고 이기적인 사람이었습니다. 그중에 하나는 어머니를 힘들게 했던 이유도 있었습니다. 그래서 결국 어머니와 아버지는 별거를 하게 되었는데, 그런 상황에서도 아버지는 어머니가 차려주는 밥을 먹어야 했고, 어머니는 매일 밥을 차리러 아버지 집으로 가야만 했습니다. 어머니를 그렇게 귀찮게 하고 힘들게 하는 아버지가 싫었다고 합니다. 그리고 아버지는 술을 자주 마시고, 술을 마시면 보기 싫은 아버지 모습들이 있어 이분은 아버지를 자주 보고 살지 않았다고 했

 오늘은 울어도 됩니다

습니다. 그런데 갑자기 아버지 소식을 듣게 되었습니다. 아버지가 돌아가셨다는 소식을 듣고 무척 놀랐다고 했습니다. 아버지는 그날도 술을 드시고 제정신이 아닌 상태로 집에 가셨던 모양입니다. 그런데 집 마당에서 넘어지고 말았습니다. 그리고 그 상태로 돌아가시게 된 것입니다. 집에 아무도 없었기에 안타깝게도 아버지는 홀로 죽음을 맞이하게 된 것입니다.

아무도 없이 홀로 쓸쓸히 죽음을 맞이한 아버지를 생각하니 이분은 이상한 감정이 들었습니다. 그렇게 미웠는데 아버지가 너무나 가엾고 불쌍하게 느껴진 것이지요. 아무리 밉고 싫었어도 홀로 그렇게 쓸쓸하게 떠난 아버지의 마지막을 생각하니 안타까웠던 것이지요. 불쌍했던 것이지요. "그렇게 살더니 결국 그렇게 갔다고.". 아버지를 향한 원망과 애잔함이 이분 마음에 가득했습니다. 이분께 제가 물었습니다. 아버지께 어떤 말을 하고 싶냐고요. 한참을 아무 말 없으시다가 이분이 말문을 열었습니다. "생각나지 않아요. 정말 잘 모르겠어요.". 그리고 이분은 가슴속으로 울음을 깊게 삼켜버렸습니다.

이분에게 있어 아버지는 어떤 존재였을까요? 아마도 이분 마음속에는 아버지에 대한 미움, 원망, 기대, 실망 등이 있었을 것입니다. 아버지 살아계실 때 그런 마음들을 다룰 수 있었다면 얼마나 좋았을까요. 아버지와 지나온 시간들에 대해 조금이라도 이야기하고 풀었으면 또 어땠을까요. 그러나 부모님들 대부분은(아버지, 어머니 또래) 자녀와의 풀지 못했던 인생의 숙제를 해결해 가는 경우가 아주 드뭅니다. 대부분 자녀가 과거의 이야기를 한다고 해도 받아들이기 어려울 것입니다. 생각해 보면 아버지, 어머니 시대에서 그분들은 또 나름대로 최선을 다하고 사셨을 것이니까요. 지난 시간 자녀의 상처를 봐주고 아물도록 현재의 내가 인정하고 안아준다는 것은 쉽지 않은 일이니까요. 그것은 우리 모두에게 어려운 일이기도 합니다.

이분은 그렇게 아버지를 떠나보냈습니다. 시간이 좀 더 필요했습니다. 시간이 좀 더 걸린 데에는 환경적인 원인도 있었습니다. 아버지의 가족들, 그러니까 친가 쪽 친지들과의 경제적 고리들이 다소 복잡하게 얽혀있었습니다. 그러다 보니 이분의 감정과 정서는 천천히 아버지를 애도하고 정리해 가는 과정보다는, 얽혀있는 친지들과의 여러 문제들을 해결해야 하는 상황이 더 컸던 것이지요. 그러다 보니 개인적인 애도가 어려웠습니다.

홀로 떠난 아버지를 생각하는 이분의 마음에서 저는 이분의 진실한 사랑을 보았습니다. 아버지를 향한 사랑의 모습은 이분에게는 기대와 실망이 점철된 복합양상이었으나 그 깊은 내면에는 아버지를 향한 긍휼함이 있었습니다. 또한 따뜻한 가정을 간절히 바라는 이분의 소망이 흐르고 있었습니다. 어쩌면 이분은 어린 시절 내내 따뜻하고 책임감이 강한 아버지를 바라왔고 그런 가정을 원했을 것입니다.

그러면 이분은 현재 가정에서 어떤 모습과 어떤 역할을 하고 있을까요. 이분에게는 '책임감'이 매우 중요한 가치가 되었습니다.

   오늘은 울어도 됩니다

또한 가정에서 이분의 역할은 책임지고 돌보는 것이었습니다. 물론 결혼을 하게 되면 기본적인 책임과 돌봄이 있어야 합니다. 그러나 이분에게 그런 마음이 절대적 가치가 되다 보니 이분은 결혼하고 나서 일을 쉬어본 적이 없었습니다. 일을 쉬면 큰일이 날 것 같았다고 했습니다. 끊임없이 무언가를 하고 있어야 한다고 하였습니다. 어쩌다 보니 가정 경제도 본인이 감당해야 할 몫이 커졌는데, 그것이 부담과 큰 짐이 되면서도 결코 벗어날 수 없는 자신의 삶이 되어버린 것이지요. 과거 아버지께 바랐던 모습이 현재 자신에게, 또 자신의 현재 가정에게도 흘러서 옮겨진 것입니다. 이분에게 아버지는 그런 존재였던 것입니다.


## 불쌍한 나의 아버지

시골에서 농사를 지으면서 세상 누구보다 부지런히 사셨던 아버지가 계셨습니다. 어느 날 갑자기 교통사고로 다치기 전까지는 이 가족 모두 큰 어려움 없이 정말 열심히 살아갔습니다. 안타깝게도 아버지는 갑작스러운 교통사고로 뇌를 다치게 되었습니다. 그리고 수술 끝에 의식은 돌아오셨지만 뇌출혈로 인해 누워서 생활해야 하는 후유증을 얻고야 말았습니다. 그러다 보니 자녀들과 어머니가 종일 병 수발을 들어야만 했습니다. 작은딸이었던 이분은 아버지 곁에서 오빠, 어머니와 함께 직장생활과 병간호를 하게 되었습니다.

　뇌수술을 하게 된 아버지는 이전처럼 의식이 또렷하지는 않으셨다고 합니다. 어린아이 같기도 했고 이전처럼 대화하기는 힘들었으며, 누군가의 돌봄이 없이는 한순간도 살아가기 힘든 상태였습니다. 그렇게 살아온 세월이 15년이었습니다. 이분은 그사이 결혼을 하여 멀리서 살게 되었고 아버지를 돌보는 일은 오빠와 어머니의 몫이었지요. 아버지가 그렇게 아픈 채로 15년을 사셨으니 곁에서 돌보는 어머니와 오빠의 삶도 녹록지는 않았을 것입니다.

　이분이 멀리 결혼하여 떠난 뒤 7년이 지나고 나서 아버지가 돌아가셨습니다. 그리고 1년이 지나고 저와 아버지에 대해 이야기를 나누게 되었습니다. 아버지가 돌아가신 후 이분은 어머니와 오빠가 이제는 좀 쉴 수 있겠구나 하는 마음이 컸다고 했습니다. 그래서 아버지가 떠나신 것은 아쉬웠지만, 한편으로는 아버지의 고통도 이제 끝이 나고 어머니와 오빠의 고통도 끝이라고… 그래서 다행이라고 했습니다.

　그러나 아무리 아버지의 고통이 끝났다고 해도 애도의 시간은 필요한 것이기에 이분의 마음은 때로 걷잡을 수 없이 슬퍼졌다고 했습니다. 오토바이가 지나가면 아버지 생각이 났고, 시골 전경만 봐도 아버지가 떠올라 운전하다가 울고, 걸어가다가 울고, 멈추어 서서도 울던 나날들이 계속되었다고 했습니다. 15년을 아픈 상태로 보낸 아버지가 얼마나 안쓰러웠을까요. 그렇게 누워만 계시다가 세상을 떠난 아버지의 삶이 참으로 안쓰러운 마음이 들었을 것

　　　　　　　　　　　　　　오늘은 울어도 됩니다

입니다. 그래서 마음이 많이 아프셨을 것입니다. 그런 아버지의 삶이 안타까우니까요. 그래도 이분은 감사하는 마음이 있다고 했습니다. 아버지가 떠나시기 전 다행히 아버지 모시고 가족들이 마지막 여행을 다녀왔다고, 그래서 아쉬움은 덜하다고 하였습니다. 또한 아버지는 가장 좋은 하늘나라에 가시니 감사하다고 신앙의 고백을 하였습니다.

아프셨던 아버지(다른 가족이나 소중한 존재 누구나)를 보내는 애도의 과정은 보통 두 가지 마음이 큽니다. 하나는 이젠 아버지의 고통이 끝났으니 다행이라고 여기는 마음이지요. 이분처럼 말이지요. 아버지의 고통도, 돌보는 가족들의 고통도 끝난 것이니까요. 또 다른 하나는 미안한 마음입니다. 그래도 곁에 있을 때 더 잘해주지 못한 것이 자꾸 생각나게 됩니다. 좀 더 잘해줄걸… 좀 더 잘 돌봐줄걸… 좀 더 따뜻하게 말해줄걸… 등의 떠나간 이에 대한 죄송하고 미안한 마음이 크게 자리 잡게 됩니다.

이분이 아버지를 떠나보내고 나서 아버지의 죽음을 받아들이는 것은 어쩌면 자연스럽게 느껴졌겠지만 떠나보내는 동안 아쉽고 미안한 마음은 정리가 필요했을 것입니다. 아마도 곁에서 줄곧 아버지를 돌보았던 어머니와 오빠가 많이 허전하고 힘든 시간을 보낼 가능성이 높습니다. 돌보았던 존재가 떠날 경우 돌봄의 대상이 갑자기 사라지게 되면 삶의 이유를 잃은 것 같아 심리적 방황을 경험하게 될 가능성이 높습니다. 두 분이 그동안 살아온 이유, 힘들어도 버틸 수 있었던 이유는 내가 돌봐야 할 대상이 있기 때문이었으니까요. 그런데 그 대상이 이 땅에서 사라지면 나의 존재의 이유도 함께 사라지는 것 같은 느낌이 들 수 있습니다. 오랜 속박에서의 자유로움도 있겠지만 허망함도 동반하게 됩니다.

그래서 이분은 어머니와 오빠 걱정을 많이 하였습니다. 저도 이분의 오빠와 어머니께서 그동안의 수고했던 몸과 마음을 잘 추스르시고 다시 삶의 의미와 방향을 잘 찾아가시길 간절히 바랍니다. 두 분도 애도의 시간, 애도여행을 건강하게, 그리고 충분히 보내시기를 간절히 바라는 마음입니다.


## 아버지의 자동차


소중했던 대상을 떠나보내고 나면 그 대상과 함께 갔던 장소나 그 대상의 물건, 특히 추억이 공존하는 물건은 남은 이에게 그리움과 슬픔을 자아냅니다. 아버지를 갑자기 하늘나라로 떠나보내고 아버지의 빈자리에 슬퍼했던 분이 계셨습니다. 이분은 저와 꽤 긴 시간 애도상담(애도여행) 시간을 가졌는데요. 아버지와 사별하고 나서 약 3년이 지난 후였습니다.

두 아이를 키우고 있는 이분은 친정아버지와의 추억이 있는 자동차 이야기를 꺼내놓으셨습니다. 이분의 기억 속에 아버지의 자동차는 참으로 따뜻했던 이야기로 기록되어 있었습니다. 막내인 자신을 아버지가 이 자동차에 자주 태워주신 이야기, 학교에 자동

    오늘은 울어도 됩니다

차를 타고 데리러 오셨던 이야기, 첫 대학 오리엔테이션 때도 이 자동차로 지방에서 멀리 태워주셨던 이야기, 기숙사 짐을 옮길 때도 아버지는 이 자동차로 움직이셨던 것이었지요. 아버지의 자동차는 온통 딸을 위한 이동수단이자 딸을 배려하고 생각하는 아버지의 마음이 들어있었습니다.

아버지 장례가 끝나고 시간이 조금 지나 친정으로 가면 여전히 세워져 있는 자동차에 이분은 아버지 생각이 많이 났다고 했습니다. 아버지와의 따뜻한 추억들이 있는 자동차를 보면 아버지가 당연히 떠올랐을 것입니다. 많이 생각나고 많이 그리웠을 것입니다.

어느 날은 친정에 갔는데 자동차가 없더라는 것입니다. 자동차를 처분한 것이지요. 이분의 마음이 어땠을까요? 항상 그 자리에 서 있던 자동차가 없으니 이젠 진짜 아버지의 부재가 확인이 되었다고 했습니다. 그나마 자동차가 있으면 아버지를 그리워할 수도 있고 아버지가 계신 것 같은 느낌이었는데, 이젠 자동차마저 없으니 '아버지가 이젠 정말 없구나'라는 상실감이 크게 다가온 것이지요.

아버지가 썼던 물건들도 마찬가지였을 것입니다. 아버지의 흔적이 남아있는 물건들은 아버지의 존재를 느끼게 해주는 것들이기 때문입니다. 그리움의 대상과 그러한 물건들은 같은 의미가 되곤 합니다. 애도여행을 하고 있는 과정에는 떠난 분의 물건들에 그 존재에 대한 그리움과 슬픔이 전이되기도 합니다. 그래서 상실 후에 떠난 이의 물건들을 보통 정리하시는데, 저는 조금 천천히 정리하셔도 된다고 말씀드리고 싶습니다. 급하게 정리할 필요가 없습니다. 마음이 된다고 할 때. 우리 마음이 그래도 된다고 할 때, 그때 정리하셔도 괜찮습니다.

저도 저의 어머니를 떠나보낸 후 지금까지 가지고 있는 어머니의 물건이 있습니다. 요양원에 계셔서 어머니의 물건은 소박하게도 단 하나… 제가 사드린 라디오였습니다. 그 라디오를 보면 저는 지금도 웁니다. 미안해서 울고, 가엾어서 울고, 평생을 그렇게 가난하게 살아온 어머니의 삶이 안타까워 웁니다. 그 라디오를 정리할 수 없는 이유는 어머니의 숨결이 그래도 그 물건에 있기 때문입니다. 유일하게 제가 어머니께 해드렸던 아주 작은 일 같아서 미안하고 염치없는 자식의 마음을 위로하는 것 같기도 합니다. 그래서 저는 그 라디오를 정리하려면 앞으로도 시간이 많이 지나야 할 것 같습니다.

누군가는 빨리 마음 정리도 하고 싶고 슬픔을 빨리 극복하고 싶어서 물건들을 버리거나 태우거나 정리한다고도 합니다. 그것도 마음이 그러길 원한다면 하셔도 됩니다. 그러나 저는 시간을 조금 가져보시라고 하고 싶습니다. 그리워할 시간, 그 물건을 보면서 생각하고 울고 슬퍼할 수 있는 시간이 필요합니다. 그것이 애도이기 때문입니다. 빨리 애써서 물건과 추억과 시간들을 정리하고 잊으려고 하지 마십시오. 애도는 서두른다고 되는 것이 아니며 또 애도는 서두를수록 더 늦어집니다.

　　　　　　　　　　　　오늘은 울어도 됩니다

## 아버지가 곁에 계시는 것 같아요

세상 누구보다 다정하셨던 아버지가 계셨습니다. 딸을 위해 직접 해먹을 만들어 주시고 초등학교 1학년 딸을 자주 등에 업어 주시며 언제나 따뜻하셨던 아버지였습니다. 밖에서 딸이 놀다가 집에 들어오면 아버지는 마루에 앉아서 딸을 기다리고 계시다가 "우리 딸 우리 선생님 오셨네." 하시며 활짝 웃어주셨던 분이었습니다. 언제나 기다려 주시던 아버지를 중학교 2학년 때 떠나보낸 이분은 어린 시절의 기억들을 이야기하는 내내 가슴이 따뜻해지신다고 하였습니다.

그렇게 이분의 아버지는 생각만 해도 마음이 따뜻해지는 분이셨던 것이지요. 과수원을 하셨던 아버지는 어린 딸을 언제나 과수원에 데리고 다니셨다고 합니다. 아버지는 일을 하시면서도 곁에 두고 싶으셨던 모양입니다. 그렇게 이분은 과수원에서 놀았던 탓에 유아 때부터 과일나무를 보고, 새들을 보고, 꽃이 피는 것을 보며 아버지와 함께 있는 그곳이 최고의 놀이터였다고 합니다. 그런데 언제나 내게 최고의 놀이터를 제공해 주셨던 분을 잃고 만 것입니다. 아버지는 마음이 약하시고 어려운 사람을 보면 지나치지 않는 분이셨다고 합니다. 그래서 다른 사람의 재정 보증을 서준 것이 화근이 된 것이지요. 결국 그 빚은 이분의 부모님 몫이 되어버렸고 아버지는 육체적으로 쇠약해지시면서 당뇨 합병증으로 세상을 떠나시게 되었습니다. 그때가 이분의 나이 열다섯 살이었습니다.

열다섯의 나이에 아버지를 잃어버린 심정을 어떻게 전부 헤아릴 수 있을까요? 아마 어려울 것입니다. 대상이 어떤 존재였든지 간에 가족의 죽음은 상처가 되기 때문입니다. 더군다나 이분에게 아버지는 너무나 다정하고 따뜻한 분이었습니다. 학교를 마치고 집에 가면 마루에서 언제나 딸을 기다려 주시던 아버지를 떠나보냈으니 사춘기로 한참 예민한 소녀에게 아버지의 죽음은 크나큰 상처였을 것입니다.

아버지를 떠나보낸 열다섯 소녀는 그 허전함과 상처를 홀로 달래며 지냈습니다. 아버지를 떠나보내기 힘들었던 이분은 언제나 아버지와 이야기를 나누었다고 합니다. 아버지가 곁에 계시는 것처럼 아버지와 대화를 한 것이지요. 마음속으로 또는 정말로 속삭이며 아버지와 그날 있었던 일들에 대해 이야기하며 하루하루를 버텨냈습니다. 이분에게 아버지는 그런 존재였으니까요. 자신의 이야기를 들어줄 다정한 분이었으니까요. 실제는 아버지가 없지만 곁에 계시는 것처럼 살았습니다. 저는 열다섯 살의 소녀가 아버지가 떠난 뒤 마루에 걸터앉아 아버지께 이런저런 이야기를 하고 있는 모습을 상상해 보았습니다. 눈물이 왈칵 쏟아졌습니다.

누군가가 필요했을 외로운 소녀의 모습이 참으로 가여웠습니다. 아버지를 잃고 홀로 마루에 앉아있는 소녀의 모습에서 그리움과 슬픔이 가득 보였습니다. 아직 어려서 자신의 감정을 제대로 표현하기도 어려웠을 것이고, 다른 형제자매들에게도 말하지 못한 채로 어머니의 슬픔에 자신의 슬픔까지 보태고 싶지 않았을 것입



오늘은 울어도 됩니다

니다. 그래서 홀로 버티기 위해 아버지가 곁에 계시는 것처럼 이야기하며 지나왔을 것입니다. 그렇게 슬픔을 삼키며 이분은 고등학교를 진학하였습니다. 그리고 아버지께서 항상 말씀하시던 대로 선생님이 되고자 꿈을 꾸게 되었습니다.

소중한 이가 떠난 후에도 여전히 그가 곁에 살아있는 것처럼 느껴지는 것은 당연한 일입니다. 그와 대화하고 이야기를 나누고자 하는 것도 당연한 모습이라고 할 수 있습니다. 이분이 그랬던 것처럼 어린 나이에 상실을 경험한 경우에는 그럴 가능성이 더욱 높습니다. 버텨내야 할 시간인 것이지요. 나의 생존을 위한 방식인 것입니다. 그렇게 해야 내가 살아갈 수 있기 때문입니다. 실제로는 곁에 없으나 곁에 있는 것 같은 존재, 그 대상과 끊임없이 대화하길 원하는 것은 연결되고 싶은 마음에서 나오는 것입니다. 헤어졌으나 그 대상과의 단절이 아니라 지속적인 연결 말입니다. 육체적으로는 단절이 되었으나 정서적으로 또는 정신적으로는 계속 연결되고 싶은 마음이 있기에 상실 후에도 우리는 끊임없이 그를 우리 곁에 붙들어 놓습니다.

# 아버지

유혜진

오늘은 울어도 됩니다

아버지
부르기도 어려운 이름
살아생전
아버지 얼굴이 어땠는지
기억이 나질 않습니다

나를 사랑하기는 했을까요
나를 생각하기는 했을까요
아버지 딸로 태어난 것이
큰 아픔이었다면
저를 용서하시려나요

아버지
장례식에서조차
아버지를 보내지 못했습니다
저는 이방인
낯선 자
그저 엄마의 딸로 살았습니다

아버지의 턱수염이
어렴풋이 기억될 즈음
아버지 당신의 낡은 수첩에
내 이름 석 자를 보았습니다

아… 저는
그것이면 되었습니다
그것이면 충분합니다
저를 용서하세요

# 2) 미움과 용서 사이에서

## 엄마를 용서할 수 없어요

분노로 가득 차 상담실로 찾아온 분이 있었습니다. 우울 양상도 심각한 상태여서 상담기간이 길어질 수 있겠다는 것을 첫 만남에서부터 알 수 있었습니다. 몇 회기 내내 이분은 자신 안에 있는 울분을 쏟아내셨습니다. 마치 길을 잃은 아이처럼, 그러다가 손도 발도 다치고, 까지고, 퉁퉁 불어 터진 모습으로 자신의 이야기를 터트려 놓았습니다. 살아갈 힘이 나지 않는다고, 살아갈 의욕조차 없다고… 눈물로 가득한 이분의 눈 속에는 슬픔도 원망도, 분노도, 아픔도, 응어리도 들어있었습니다.

그러다가 아버지를 사별로 먼저 떠나보내신 이야기를 하게 되었습니다. 아버지는 다른 여성과 외도를 하였는데 이것으로 인해

     오늘은 울어도 됩니다

어머니와 다툼이 잦았고, 심했다고 하였습니다. 아버지의 사망 소식을 듣고 달려간 이분은 더 큰 충격에 빠지게 되었습니다. 아버지를 사망케 한 사람이 바로 어머니였던 것입니다.

살인자가 어머니라니요. 아버지의 죽음도 놀랍고 충격적인 일인데 그 가해자가 어머니라는 사실은 참으로 받아들이기 어려운 사실이었습니다. 상상할 수 없는 일이었습니다. 그 당시 이분이 경험했을 고통과 충격은 이루 말할 수 없을 것입니다. 또한 이분의 가족들 특히 형제자매의 고통도 마찬가지였을 것입니다. 그것만으로도 너무나 큰 충격과 상처인데 이분은 더 큰 고통이 있었습니다. 돌아가신 아버지 친지들의 태도와 말들이 이분을 공격하고 또 공격하였던 것입니다. 어디 말뿐이었을까요. 거침없는 행동으로 이분에게 상처를 주었습니다.

제가 이분을 만났을 때 그러한 공격과 상처를 얼마나 받았었는지 이분의 가슴엔 피멍이 들어있었습니다. 할머니를 비롯한 고모 등의 친지들은 이분의 어머니를 향한 공격과 폭언을 모두 이분에게 쏟아냈습니다. 나아가 이분도 가해자로 몰아갔습니다. 그 고통에서 어떻게 견딜 수 있었을까요. 아버지와의 사별도 충격이고 슬픈 일인데 가해자인 어머니와 친지들의 이 모든 것은 이분을 정말 수렁으로 몰아넣고 있는 것 같았습니다.

이분에게 애도여행은 시기상조였습니다. 아버지를 잃은 상실의 슬픔보다 어머니에 대한 분노와 이분이 받았던 상처들을 먼저 싸매야 했습니다. 적어도 저를 만나면 끓어오를 수밖에 없는 분노와 원망들을 모두 쏟아놓도록 해야 했습니다. 욕이든 뭐든 한바탕 쏟아내고 나면 이분은 그다음 울음을 터트릴 수 있었습니다. 그렇게 울어야 했습니다. 누구보다 아프다고 호소해야 했습니다.

겨울이 지나 봄이 오면서 이분은 조금씩 삶에 대해 의문을 던지기 시작하였습니다. 자신의 삶인 거지요. 그 전에는 아버지, 어머니에 대한 생각과 마음으로 자신의 삶에 대해서는 생각조차 할 수 없었으니까요. 자신의 삶을 돌아보고 의문을 던진다는 것은 긍정적 시그널입니다. 그리고 비로소 아버지를 잃은 사별의 애도도 할 수 있었습니다. 아버지를 잃은 마음은 어떠한지, 아버지는 살아계실 때 어떤 분이셨는지, 어린 시절의 아버지와의 관계는 어떠했는지 비로소 기억여행을 할 수 있었습니다.

이분에게 상실의 아픔은 아버지뿐이 아닙니다. 어머니도 잃은 것입니다. 자신이 기억하고 있던 엄마와 현재 가해자가 되어 감옥에 있는 엄마와의 사이에서 이분이 경험한 감정은 매우 복잡하였습니다. 또 다른 심리적인 숙제를 가지고 있었습니다. 서서히 하나씩 해결해 나가야 했습니다. 그래야 이분이 조금 더 자신의 삶을 힘내어 살 수 있었기 때문이지요. 이분은 어머니를 용서할 수 있을까요? 다시 이렇게 질문을 바꿔봅니다. 이분은 어머니를 용서하고 싶을까요?

이분은 어머니도 아버지도 용서하기 힘들었습니다. 용서라는 마음조차, 그 단어조차 꺼내기 힘들었습니다. 용서는 억지로 되는 것이 아닙니다. 용서할 수 있는 마음은 어떤 감정보다 마음이 흐르

 오늘은 울어도 됩니다

는 대로 자연스러워야 합니다. 상담자인 제가 넘어갈 수 없는 영역입니다. 적어도 저는 그렇게 생각합니다. 사람마다 용서의 때가 있기 때문입니다. 다르기 때문입니다. 타인이나 외부에서 강요할 경우 오히려 분노가 폭발할 수 있습니다. 그래서 저는 상담에서 용서의 부분을 다룰 때 가장 조심스럽습니다. 하지만 자기 자신을 용서하라고는 말해줄 때가 있습니다. 그런 경우는 뒤에서 다시 말씀드리겠습니다.

이분도 용서의 단계는 꽤 멀었습니다. 용서에는 단계가 있는데요. 일반적으로 분노-수용-용서의 단계로 진행됩니다. 그러나 각각 다르기도 하고 다시 분노로 돌아가는 순환을 반복하기도 합니다. 이분은 자신의 삶에 대해 의문을 던진 후 왜 자신이 살아야 하는지 스스로에게 물었습니다. 그리고 조금씩 분노의 웅덩이에서 빠져나오기 시작하였습니다. 시간이 꽤 걸렸습니다. 왜냐하면 환경이나 상황이 썩 좋은 편이 아니었기 때문입니다(환경의 요인에 의해 결정되는 경우가 있습니다). 또 다른 문제들이 현실 속에서 동반되곤 했으니까요. 이분에게는 인내가 더 필요했을 것입니다.

봄이 되어 이분은 조금씩이나마 삶의 의욕과 의미를 찾아가기 시작하였습니다. 자신이 겪은 고통을 통해 다른 누군가를 도울 수 있기를 바라는 마음이 있었습니다. 얼마나 귀하고 소중한 마음인지요. 자신이 받은 상처를 통해 다른 누군가를 치유하는 통로가 되고자 하는 마음은 제가 상담 현장에서 들은 말들 중에서 가장 의미 있고 가치 있는 말입니다. 참으로 이분께 고마운 마음이었습니다.

어떤 경우에는 다시 삶을 살고자 힘을 내는 것조차 버거울 때가 있는데, 이분은 그 고통을 고통으로 끝내지 않고 다시 일어나 성장하고 성숙을 향해 나아간 것입니다. 저는 이분의 삶이 봄처럼 피어나기를 기도하고, 고통을 통해 이분이 경험했던 삶의 의미가 다른 누군가를 치유하는 데 반드시 쓰여질 것을 믿습니다.

## 아버지가 미웠습니다

무책임한 아버지로 인해 어린 시절 상처가 깊었던 분이 있었습니다(앞에서 잠깐 말씀드린 분의 이야기입니다). 가정 경제가 어려웠음에도 불구하고 이분의 아버지는 술과 도박으로 가족들을 힘들게 하였습니다. 이분은 어린 시절을 기억할 때 아버지에 대한 부정적 이미지로 괴로워하셨습니다. 그중에서도 가장 견딜 수 없던 것은 아버지의 무책임이었습니다.

그런 아버지가 돌아가시고 몇 년의 시간이 지나 저를 만났습니다. 상담실로 찾아오신 이유는 관계에서 오는 갈등으로 인해 반복적으로 괴로움을 겪고 계셨기에 몇 번이고 부서를 옮겨야 했던 것이지요. 다른 동료들이 자신을 싫어하였고, 직장에서 따돌림을 경험하면서 몇 번이고 일을 그만두고 싶었는데 가정 경제 이유로 일은 계속해야만 했습니다. 직업에 관해서 이분은 나름대로 사명감이 있었습니다. 보람도 느끼고 있었습니다. 관계문제만 아니면 이분은 일하는 것이 좋다고 하였습니다.

　매우 성실하게 상담과정을 잘 따라와 주셨던 이분은 어린 시절 이야기를 나누면서 아버지 이야기를 많이 하게 되었습니다. 아버지를 싫어했다고 합니다. 가족들을 힘들게 하는 무책임한 아버지로 인해 결국 어머니가 피해를 보고 고생을 하는 것이 이분의 마음에 어떤 의문을 만들어 냈습니다. '왜 약자가 괴롭힘을 받는데 어느 누구도 해결하지 않지?', '왜 나쁜 강자에 대해 심판이 없지?'. 이분에게는 의로운 재판관이 필요했습니다. 누군가 정의를 세우고 약자를 괴롭히는 나쁜 강자인 아버지를 심판하고 바로잡고 싶은 마음이 인생 내내 흐르게 되었습니다.

　직장생활에서도 이분은 강자가 약자를 괴롭히는 상황을 견디기 어려워했습니다. 옳지 못한 일이라고 판단이 되면 이분은 타협하지 않고 의로운 화가 났습니다. 그것이 반복되다 보니 부서 사람들과 갈등을 만들게 되었고 자기의 뜻을 굽히기 어려워하다 보니 반복적으로 문제가 된 것이지요. 세상에 의로운 재판관이 없다는 것을 알아버렸기에 이분은 그렇다면 자기 스스로가 재판관이 된 것입니다. 판단의 잣대는 언제나 약자 편이었고요. 아버지를 향했던 심판의 잣대가 이분의 인생 가운데 다른 사람들에게도 흐르게 되었음을 깨닫게 되었습니다. 결국 약자들을 볼 때면 이분은 어머니와 자신이 그 약자와 동일시가 되면서 심판자가 되기 시작하는 것이었지요.

　물론 강자가 약자를 괴롭히는 것을 용인하거나 동참하는 것은 용납하기 어려운 일입니다. 그러나 이분의 인생 전체를 입체적으로 생각해 볼 때 이분에게 정의라는 것은 약자였던 자기 자신이 투영된 정의였기 때문에 조금 객관적인 관점이 이분에게는 필요했습니다. 무엇보다도 이분이 가장 바라는 것 중의 하나는 동료들과 좋은 관계를 갖는 것이었으니까요. 언제나 심판자나 재판관이 아닌 동료를 이해하고 함께 어우러져 팀을 세워가는 것 또한 중요하기 때문입니다.

한 가지 중요한 과정으로 이분과 함께 아버지의 인생 이야기를 나누었습니다. 아버지의 아버지, 또 그 아버지의 아버지까지, 아버지가 그때의 아버지가 된 길고 긴 역사를 헤아려 보았습니다. 아버지가 살아왔던 세월도 참 힘겨웠습니다. 아버지의 무책임을 모두 옹호할 수는 없었지만 그것도 어떤 이유가 있었음을 알 수 있었습니다. 사실 이분은 아버지가 병에 걸려 투병생활을 하실 때 그렇게 강자였던 아버지가 가장 연약한 약자가 되는 동안 이미 아버지를 받아들이고 용서했을 것입니다. 곁에서 아버지를 돌보고 보살폈던 분은 다른 형제들이 아닌 이분이었으니까요. 곁에서 아버지를 돌보면서 해결되지 못했던 여러 감정들이 올라오게 되면서 해소되기도 했을 것입니다.

아버지를 향한 미움과 용서 사이에서 아버지의 역사를 헤아림으로 인해 이분은 조금씩 자신의 오랜 시간 형성되어 있던 내면의 흐름도 이해할 수 있었습니다. 이유를 알 수 없었던 관계 갈등의 이유도 어느 정도 이해하게 되면서 직장 내에서 조금씩 타인을 이해



오늘은 울어도 됩니다

하려는 시도 또한 하게 된 것이지요. 아버지를 사별로 떠나보내고 이분은 아버지께 꼭 해드리고 싶었던 이야기가 있었습니다.

"아버지… 당신을 이미 용서했습니다. 당신을 이해합니다."

우리는 우리의 아버지를 다 이해할 수 없을 것입니다. 그때의 아버지의 모습은 어쩌면 도저히 이해할 수 없는 것일 수도 있습니다. 상처를 주고 아픔을 주고 폭력을 행했던 대상이라면 용서와 이해는 생각조차 할 수 없습니다. 오히려 아버지가 곁에서 사라지기를 바랄 수도 있습니다.

그러나 우리가 모든 것을 이해할 수 없어도 그 아버지(또는 어머니)가 그런 모습이 되기까지 한 존재로서 그분도 어떤 역사가 있었다는 것을 알아주시길 바라는 마음입니다. 그저 한 존재로 봐주길 바라는 아주 작은 마음입니다. 왜냐하면 미움을 오래 시간 우리 마음에 가지고 있으면 결국 우리 자신이 불행하기 때문입니다. 누군가를 사랑하는 것만큼 우리에게 영향을 끼치는 것은 미움입니다. 미움의 씨앗은 우리 자신을 병들게 하는 독입니다. 그런 의미에서 우리 자신을 위해 할 수만 있다면 미움을 이해와 용서로 바꿔가길 바라는 마음이지만 강요할 수는 없습니다. 저는 그저 용서 그다음에 찾아오는 마음의 자유로움을 얻으시면 좋겠습니다.

# 3) 나 홀로 남겨졌습니다

## 남편의 눈물

누구보다 서로 사랑하며 아껴주던 부부가 있었습니다. 30대 중반의 이 부부는 2명의 자녀와 더할 나위 없이 행복하게 지내는 부부였지요. 그런데 갑자기 아내가 아팠습니다. 처음에는 소화가 잘 되지 않다가 점점 화장실 가는 것이 어려웠습니다. 그 당시 아내는 셋째를 임신 중이었습니다. 임신 중이다 보니 병원에 가도 이렇다 할 검사도 못 하다가 점점 심각해지는 몸 상태와 복수가 차올라 결국 태아는 제왕절개로 수술을 하고 예정보다 일찍 인큐베이터로 들어갔습니다. 그리고 아내의 차오르는 복수의 이유를 알게 되었습니다.

아내의 병명은 위암이었습니다. 두 사람 다 생각지도 못했던 이유였습니다. 처음에 남편은 병명을 아내에게 차마 말할 수 없었다고 합니다. 결국 두 사람은 암 투병이 시작되었고 암과 싸우는 내내 부부는 함께 있는 것만으로도 감사하고 행복해하였습니다. 결혼할 때의 엄숙하고 거룩한 서약을 지켰던 것이지요. 건강할 때나 아플 때나 항상 곁을 지켜주겠다던 혼인서약, 그 맹세를 두 사람은 내내 지켰던 것이지요.

그리고 1년여 뒤, 아내가 떠났습니다. 먹지 못하여 뼈만 남은 앙상한 모습으로 결국 남편의 곁을, 아직 어린 자녀들의 곁을 떠났습니다. 눈을 감을 수 없었을 텐데… 어찌 사랑하는 남편과 아이들을 두고 떠날 수 있었겠습니까. 아내는 떠났으나 떠난 것이 아니었습니다. 세 아이와 홀로 남은 남편은 결국 시골 본가로 내려가기로 하였습니다. 아내를 위해 집도 장만했었는데 그 집은 비어있게 되었습니다.

오래오래 남편은 아내를 그리워하였습니다. 엔딩이 없지요. 그리움에는 엔딩이란 있을 수 없습니다. 자라가는 아이들 얼굴에 아내의 얼굴이 있습니다. 처가 식구들을 만나도 식구들의 얼굴에 아내의 모습이 있습니다. 막내딸은 누구보다 아내를 닮았습니다. 웃는 모습도 우는 모습도 말하는 모습도 아내 판박이입니다. 가끔 주변에서는 이 남편의 미래를 걱정하는 마음으로 재혼에 대해 묻는다 합니다. 그럴 때면 화도 나고 마음이 불편하다고 하였습니다. 자신의 마음에 다른 누군가를 받아들이는 것이 쉽지 않을 것입니다.

배우자를 잃은 슬픔은 상실 중에서 스트레스 지수가 가장 높다는 보고가 있습니다. 부부관계가 좋을수록 슬픔은 더 크다고 볼 수 있습니다. 서로에 대한 의존이 컸다면 상실 이후에 찾아오는 슬픔과 외로움은 비할 데가 없을 것입니다. 아내를 떠나보낸 후 유가족인 남편분과 애도상담으로 만났을 때 가장 필요했던 것은 '공간'이었습니다. 바로 울 수 있는 '공간'이었지요. 자녀를 돌보고 양육해야 했기에 이 남편은 집에 가면 부모님들과 자녀 앞에서 울 수 없었습니다. 충분히 울어야 할 시기가 필요했는데 다시 일상으로 돌아가야 했으니 어디에서도 자신의 진짜 감정을 표출하기 어려웠습니다. 그래서 이분에게는 '울 수 있는 공간'이 절실하였습니다.

이분에게 울어도 되는 공간은 철저히 혼자 있는 자동차 안이나 상담실이었습니다. 어떤 날은 집에 가다가 차에서 엉엉 울었다고 했습니다. 붉어진 눈으로 집에 가면 부모님께 죄송하여 눈의 부기가 가라앉을 때까지 기다렸다가 들어갔다고 합니다. 진짜 자기를 보여주기 힘들었을 것입니다. 의도하지 않았지만 그런 상황이 되어버렸을 것이고요. 괜찮지 않은데 괜찮은 모습으로 살아가야 하는 것만큼 힘든 것이 없는데 이분은 그렇게 애도의 시간을 보내야만 했습니다.

가장 견디기 힘들었던 이유는 '왜 나에게 이런 일이 일어났는지', '왜 내 아내를 데려갔는지'에 대한 답을 찾지 못하였기 때문이라고 하였습니다. 부정하고 싶은 현실, 외면하고 싶은 현실인 거지요. 피할 수 있다면 피하고 싶은 일인 것입니다. 이토록 슬픈 상실이 왜 하필 내게 일어났는지에 대한 답을 찾고 싶었을 것입니다. 두



오늘은 울어도 됩니다

고두고 내내 아내의 빈자리에서 그는 이 물음에 대한 답을 더 찾고
자 할 것입니다.

결코 변하지 않는 진리가 있지요. 그건 바로 모든 사람은 죽는
다는 것입니다. 죽음에서 자유로울 수 있는 존재는 아무도 없습니
다. 모든 생명체는 탄생과 더불어 죽음을 향해 가는 것이니까요. 회
피할 수 없는 것이 나의 죽음, 또는 내 곁의 사랑하는 존재의 죽음
입니다. 이것이 그저 인간의 삶이고 인생인 것입니다. 삶을 자연스
럽게 받아들였다면 죽음 또한 자연스러운 과정인 것입니다. 그러
나 그것은 말처럼 쉽지 않습니다. 소중한 존재를 잃게 되는 상실이
기 때문입니다. 그래서 상실 후 애도는 필요한 것이지요. 비탄과 슬
픔을 경험하는 가운데 인생을 받아들이고 적응해 가는 시간이 애
도 시간이기 때문입니다.


## 나도 데려가요

8남매의 늦둥이로 태어나 일찍 어머니를 여의고 성인이 되어
아버지마저 떠나보낸 분과 애도상담을 하였습니다. 아버지에 대하
여 좋은 기억들이 참 많았던 분이었습니다. 아버지는 어떤 분이었
는지에 대한 저의 물음에 이분은 아버지는 참 따뜻하고 언제나 자
기의 편이 돼주었다고 기억하였습니다.

그렇게 소중했던 아버지를 병으로 떠나보내야만 했습니다. 그해 겨울은 너무나 시리고 추웠습니다. 아버지의 병환이 깊어 이별을 직감하였던 어느 날 밤에 이분은 아버지와 나란히 누워 이야기를 했다고 했습니다. "아버지 나도 데리고 가요.". 딸의 이토록 아픈 이야기에 "별소리를 다 헌다."는 말씀으로 아버지는 답하셨습니다.

아버지가 곧 떠날 것을 아는 딸의 마음, 그 마음이 아버지를 보낼 수 없기에 가는 곳이 어디인 줄 알면서도 데려가라고 말한 것일 겁니다. 그 말이 아버지 마음을 아프게 할 줄 알면서도 그렇게 말할 수밖에 없던 딸의 마음은 참으로 아리고 슬픕니다. 이분은 어린 시절부터 아버지를 많이 의존하며 살았습니다. 그도 그럴 것이 열두 살에 엄마를 잃고 아버지뿐이었으니 어린 나이에 홀로 감당해야 할 것이 많았을 것입니다. 언니들과 오빠들이 있었지만 나이 차이가 많이 나서 모두 출가하였고, 집에는 바로 위 오빠와 자신, 그리고 아버지뿐이었지요.

농사일이 워낙 바빠서 집안일은 이분의 몫이었습니다. 초등학생인 이분이 밥도 하고 국도 끓이고 소여물도 끓여서 소에게 먹이고 돌보는 1등 엄마의 몫과 역할을 감당해야만 했습니다. 어머니를 떠나보낸 후 이분은 제대로 애도를 할 수 없었을 것입니다. 담임선생님이 집에 방문하셔서 왜 자신을 안쓰럽게 보시는지 정확한 이유를 알기 어려웠을 것입니다. 바로 위 오빠도 마찬가지였겠지요. 오빠는 중학생이었으니까요. 사춘기 아들이 엄마를 잃었으니 심리적으로 많은 방황을 했을 것입니다. 그러나 아버지는 먹고 살아야

                                    오늘은 울어도 됩니다

하니 아버지는 아버지대로 슬퍼할 겨를도 없이 그저 하루하루를 버텨내야 했을 테고, 오빠는 복잡하고 힘든 방황의 이유도 모른 채 그저 자신에게 닥친 이 상황을 감당해야 했을 것입니다. 또한 막내인 이분도 시골 생활의 무거움을 홀로 감당해야 했을 것입니다.

그 당시에는 그 집에 있는 모두가 외로웠습니다. 모두가 자신을 돌볼 수도 없었을 것입니다. 그래도 이분은 아버지가 계셔서 다행이었다고 합니다. 나중에 중학생이 되어 이분도 이유 모를 방황을 하고 아버지 말을 잘 듣지 않을 때에도 아버지는 그저 막내 늦둥이 딸을 가여워하셨다고 합니다. 시장에 가서 누가 봐도 손주인지 딸인지 헷갈려 보일 때 아버지는 당당하게 '우리 막둥이'라며 자랑하셨다고 합니다. 이분에게 아버지는 그런 존재였습니다. 없으면 안 되는 존재. 함께 있어야만 하는 존재. 아버지가 없으면 이 세상에 살아야 할 이유가 없는 것이지요. 나중에 돈 많이 벌어서 아파트 사서 같이 살자고 약속했는데 아버지를 어찌 보낼 수 있겠습니까.

아버지를 떠나보낸 후 이분은 살아야 할 의욕을 잃게 되었습니다. 살아갈 힘이 생기지 않았을 것입니다. 아버지 없는 세상에서 누구를 의지하며 살아갈 수 있었겠습니까. 이분의 가슴엔 구멍이 났고 어떤 것으로도 채워지지 않았으며 먼지처럼 그저 자신도 사라져 버리기를 바랐을 것입니다.

이분의 지난 이야기를 듣는 내내 저도 참 많이 울었습니다. 남의 일 같지 않았습니다. 소중한 이를 잃는 마음은 다른 어떤 것으로도 채울 수 없으니까요. 궁극적인 자기 존재의 이유를 진정으로 깨닫기 전까지 상실 후 우리는 방황을 하게 됩니다. 그러는 가운데 존재의 본질로 돌아가 자기를 찾게 되기도 하고 새로운 삶의 의미를 찾기도 합니다. 떠난 이에게 남은 자의 삶을 좀 더 의미 있고 가치 있게 사는 모습을 보이고 싶어 합니다. 그렇게 삶에 적응해 가고 또 어떤 부분에 조금 더 나은 자기가 되고자 노력을 하기도 합니다.

이분에게도 다행히 그 이후의 삶에서 여러 따뜻한 만남들과 궁극적인 삶의 이유를 발견하는 시간들이 있게 되었습니다. 아버지를 여전히 그리워하지만 남은 자의 삶을 잘 살고자 노력하였습니다. 또한 아버지가 자신에게 살면서 보여주셨던 모습을 간직하고 싶어 하였고, 아버지의 좋은 성품을 닮고자 하였습니다. 그것이 자신이 살아가면서 얼마나 좋은 자원이 되는지 확인하게 되었습니다. 이분이 아버지께 썼던 편지를 공개합니다.

사랑하는 아버지께

아버지. 연세도 많고 이미 낳은 자녀들도 많은데, 생명을 포기하지 않고 낳아주셔서 감사합니다. 착하고 성실하시고 거짓이 없는 아버지의 좋은 성품을 물려주셔서 감사합니다. 아버지 같은 분이 저의 아버지였다는 것이 저는 지금껏 살면서 엄청난 선물인 것을 인정하지 않았던 적이 없습니다. 아버지 덕분에 사랑받는 게 무엇인지 알게 되었습니다. 편부모 가정에서 나보다 더 힘들게 자란 사람들도 많은데 그것에 비하면 저는 엄청 행복하게 살았던 것 같습니다. 아버지… 천국에서 엄마도 만나시고 행복하게 잘 계시죠? 아버지와의 추억, 그리고 아버지에 대한 죄송함들 다 내려놓고 아버지가 물려주신 좋은 것들 생각하면서 저도 잘 지낼게요. 천국에서 다시 뵈어요.

아버지. 사랑합니다.

# 4) 가슴에 너를 묻는다

　　상실로 인한 상처는 평생 지속된다고 볼 수 있습니다. 특히 자녀를 사별로 상실한 경우에는 더욱 그렇습니다. 얼마 전 아들의 대학 진학 후, 아들이 없는 집에서의 허전함으로 인해 슬픔을 호소하는 분을 만났습니다. 사별 상실이 아니어도 자녀의 존재는 부모에게 있어 잠시만 떨어져 있어도 상실감을 주는 존재라는 생각을 했습니다. 또한 아마도 아들의 대학 진학이 자녀의 독립을 의미하는 것이기에 상실감이 있었을 것입니다.

　　이렇듯 자녀를 다른 지역으로 보내고 난 후 잠시 헤어짐도 견디기 어려운 허전함을 주는데 더 이상 이 땅에서 만날 수도 볼 수도 없는 사별로 인한 상실은 어떨까요. 말로 다할 수 없는 슬픔과 비탄 그리고 충격으로 오랜 시간 애도 기간을 보낼 것입니다. 우리나라 옛말에는 자식을 잃으면 가슴에 묻는다고 하지요. 먼저 떠난



오늘은 울어도 됩니다

자녀는 땅에 묻어도 묻어지는 존재가 아닌 부모 가슴에 묻을 수밖에 없는 존재입니다.

## 너를 어찌 보낼 수 있을까

23세 꽃다운 딸이 갑자기 머리가 아프다고 했습니다. 금방 지나가겠거니 했는데 큰 병원을 가봐야 할 것 같아 검사를 했습니다. 그런데 그 젊은 나이에 뇌종양이라는 판정을 받게 된 것입니다. 그 당시는(약 30년 전) 뇌종양은 무서운 병으로 치료가 어렵기도 했을 뿐만 아니라 시골에서 농사만 짓던 부모는 어떻게 해야 할지 막막했다고 합니다. 그렇게 3년 정도 항암치료도 하고 많은 노력을 하였지만 끝내 꽃처럼 곱고 예쁜 딸은 그만 세상을 떠나고 말았습니다.

4남매 중에서 셋째 딸인 그녀는 부모에게 기쁨이었다고 합니다. 기독교 신앙을 가지고 있어서 투병 중에도 감사와 미소를 잃지 않았고 부모님을 더 기쁘게 해드리려 노력하였다고 합니다. 그녀의 아버지는 신앙이 없다가 딸이 아파 교회에 나가게 되었는데 결국 딸이 죽게 되자 하나님을 원망하며 교회를 떠났다고 하였습니다. 그러나 그녀의 어머니는 이 딸이 가장 원하는 것이 무엇일까를 생각하였고, 그것이 신앙이라면 그것이라도 붙들고 살아야겠다고 다짐했다고 합니다. 딸이 간절히 원하는 것이었으니까요.

어머니는 딸을 보내지 못했습니다. 아무리 바위처럼 단단하고 강한 모성이 있다 한들 딸 대신 죽을 수도, 대신 아플 수도 없는 현실에 울고 또 울어야만 했습니다. 그것뿐이었습니다. 어미로서 할 수 있는 것이 우는 것뿐이라니요. 어머니는 못내 병에 걸리고 말았습니다. 피가 거꾸로 솟고 딸을 가슴에 묻는 것이 너무나 고통스러워 어미도 딸처럼 머리가 아팠습니다. 그 후로 어머니는 평생 약을 먹어야 했습니다. 그래도 어머니는 딸의 아픔 언저리조차 미치지 못하는 것에 마음 아팠을 것입니다.

살아야 할 세월도 많은 내 딸, 큰아들, 큰딸도 다 멀리 있는데 곁에서 친구가 되었던 소중한 내 딸, 속 한번 썩인 적 없는 착하고 착하기만 했던 내 딸, 좋은 사람 만나 시집도 가고 손주도 낳기를 바랐던 내 이쁜 딸… 금지옥엽 내 딸을 어머니는 가슴에 묻어야 했습니다. 미안하기만 한 딸에게 부모는 할 말이 없었습니다. 하늘이 원통하고 야속하고 원망스러웠을 것입니다. 그러나 부모는 살아야 했습니다. 주어진 삶을 살아내는 것 외에는 다른 방법이 없었습니다. 떠나간 딸을 가슴에 묻고서라도 살아내야만 했던 것이지요. 또 어린 막내도 있었으니까요. 돌봐야 할 다른 자녀가 살아야만 하는 또 다른 이유이기도 했을 것입니다. 어쩌면 농사짓는 일이 육체를 많이 쓰는 일이기에 일하는 동안에라도 슬픔을 삼키며 지냈을 가능성이 높습니다. 그러다 저녁이 되면 눈물로 잠이 들었겠지요. 그렇게 하루, 이틀, 1년, 2년이 지나고 세월이 흘러 흘러갔을 것입니다. 부모가 자식을 가슴에 묻는다는 것은 결코 잊을 수 없는 존재라는 의미가 있는 것이지요.



오늘은 울어도 됩니다

# 울 수도 없는 슬픔

어릴 적 영재라는 소리를 들으며 집안의 자랑이었던 아들이 있었습니다. 이 아들은 얼마나 똑똑했는지 시골에서 다들 서울대를 갈 거라며 칭송을 받았더랍니다. 그런데 가정환경이 그렇게 좋지는 않았습니다. 부부싸움도 잦았고 교육을 위해 어머니가 이 아들을 데리고 서울로 가서 살기도 했지만 다시 시골로 내려와야만 했습니다.

전교 학생회장을 하며 1등을 놓치지 않던 우수한 이 아들이 고등학교 1학년이 되어 갑자기 아팠습니다. 큰 병원에 가보니 뇌수막염이라고 했습니다. 그리고 치료를 받게 되었습니다. 처음에는 너무 무서워 어쩔 줄 몰랐다고 합니다. 그러나 다행히 치료가 잘되어 1년 후 정상적인 생활을 할 수 있게 되었습니다. 그러나 아들은 학교를 1년 쉬고 다시 복학하여 적응하는 것이 쉽지 않았습니다. 동생들과 함께 공부하는 것이 아들에게는 무척이나 자존심 상하는 일이었다고 합니다. 영재로서 장래가 촉망되는 자신이 후배들과 공부하려니 힘이 들었을 것이라고 어머니는 기억하고 있었습니다.

그래서 결국 아들은 다시 휴학을 하였고 방황을 하다가 다시 교통사고가 나고 맙니다. 다행히 생명은 구했지만, 몸이 많이 망가져 버렸습니다. 이때부터 아들은 어머니의 돌봄이 없으면 안 되는 인생이 시작된 것이지요. 어머니에 대한 의존도가 높았다고 합니다. 그런 아들에게 어머니는 바라는 것이 무엇이었을까요. 시간이 많이 지나 회상하였을 때 어머니는 아들이 그저 건강하기를 바랐다고 하였습니다. 공부를 잘하는 것도, 좋은 직장을 가는 것도 아닌, 그저 아들이 사고 없이 건강하게만 있기를 바랐다고 합니다. 그러나 그 당시에는 아들의 인생이 무너지는 것 같아 속상했다고 합니다. 어찌 내 아들의 인생이 이렇게 되어버렸을까, 그저 세상이 원망스러웠다고 합니다.

어느새 아들이 서른이 훌쩍 넘어 30대 중반이 되어갔습니다. 그런데 워낙 몸 상태가 좋지 않아 이런저런 병을 가지고 살았는데, 관리를 잘 못 한 탓인지 여러 장기들이 망가져 있었습니다. 그러다 결국 갑자기 증상이 악화되어 병원에서 마지막 시간을 보내다가 죽음을 맞이하게 되었습니다. 아들의 생애 전체를 함께 했던 어머니는 아들의 마지막 여정에 동참하기 어려워했습니다. 아픔과 질병을 부인한 것은 아니었지만 병들어 누워있는 아들의 얼굴을 보기 힘겨워하였습니다. 그래서 병원 중환자실에 가는 것을 두려워하였습니다.

결국 아들을 죽음으로 떠나보내고 난 뒤 이 어머니는 장례를 치르는 것조차 힘겨워하였습니다. 마지막 인사를 하는 입관을 앞두고 어머니는 아들을 차마 볼 수 없었다고 합니다. 어느 누가 이 어머니께 왜 아들의 마지막 얼굴을 보지 않느냐고 말할 수 있겠습니까. 어느 누구도 그런 말은 할 수 없을 것입니다. 아들의 모든 생애를 함께 했던 어머니가 아들의 마지막 가는 모습을 보지 못했던 이유는 어쩌면 자신도 알 수 없는 복합적인 감정 때문이었을 것입니다.

오랜 세월 질병으로 돌봄이 필요했던 아들이 이제 곁을 떠납니다. 몇 번의 죽음의 고비를 넘겼던 아들입니다. 삶의 희망과 기쁨을 주었던 영재 아들이었습니다. 그런데 점점 자신을 포기하며 힘들게 살아가는 모습을 보여주었던 아들입니다. 이 아들을 떠나보내야 합니다. 어머니는 이제 쉬고 싶기도 했을 것이고, 또 아들이 더 이상 힘들게 살지 않고 영원히 안식하기를 바랐을 것입니다. 아들이 떠나는 것이 슬프고 힘들지만 아들을 떠나보내야만 했을 것입니다. 그런 복합적인 마음을 알 수가 없어 입관하는 아들의 마지막 얼굴을 볼 수 없었을 것입니다.

울지 못하는 슬픔도 있습니다. 자신의 슬픔을 다 이해할 수도 없고 알 수 없어서 울지도 못하는 슬픔이 있습니다. 자녀의 죽음 앞에서 부모의 마음은 한없이 무너져 내리지만 무너지는 자신조차도 주체할 수 없는 경우도 있습니다. 애도 슬픔은 여러 모습으로 또 여러 감정으로 나타납니다.


## 유산을 했습니다

결혼을 하고 아이가 생기면 어떻게 키우고 싶은지 꿈을 꾸던 분이 있었습니다. 이분은 유치원 교사를 하면서 아이들을 가르치고 볼 때마다 자신의 아이를 키우는 상상을 하며 살았습니다. 그리고 정말 꿈에 그리던 임신이 되었습니다. 임신 초기에는 조심해야

해서 일하면서도 각별히 신경을 쓰며 몸조심을 했다고 합니다. 최대한 좋은 것만 보고 좋은 것만 먹고, 좋은 것만 생각하며 조심 또 조심했습니다. 무리하지 않으려고 노력하면서 말이지요. 그렇게 임신 초기가 지나고 안정기에 접어들었습니다. 보통 임신 초기 때 위험하니 3개월이 지나면 어느 정도 안심이 되어 산모들이 조금씩 안정적으로 생활을 하곤 합니다. 이분도 그랬습니다. 3개월이 지나고 안정기에 접어들면서 태교를 하며 안정적으로 지낼 수 있겠구나 생각했습니다. 그러나 검진받으러 병원에 갔을 때 충격적인 소식을 듣게 되었습니다. 태아의 심장 소리가 들리지 않는다는 것이었습니다.

이제 안정기에 접어들었는데 마른하늘에 날벼락 같은 소리에 이분은 하늘이 노랗고 토할 것 같았습니다. 아무 문제도 없었고 아무 증상도 없었습니다. 어떻게 이런 일이 일어날 수 있을까… 이분은 아무 말도 할 수 없이 가슴이 막히고 숨이 잘 쉬어지지 않았습니다. 받아들이기 어려웠습니다. 이 사실을 받아들이기엔 자신이 너무나 초라하고 화가 났다고 합니다. 그래도 어찌합니까. 태아가 엄마의 뱃속에서 사망한 경우엔 속히 수술해야 하기에 수술대에 올랐습니다.

20주가 되기 전 엄마의 배 속에서 사망한 경우를 유산이라고 합니다. 이분은 유산을 경험하고 집에 돌아가 홀로 슬픔을 감당해야만 했습니다. 기다리던 아기를 배 속에서 허망하게 떠나보낸 슬픔이 이분의 온 마음과 삶에 가득했습니다. 아기의 존재가 얼마 전

 오늘은 울어도 됩니다

까지 자신과 함께 있었는데, 이렇게 허무하게 사라지다니요. 이젠 사라진 존재가 되어버린 것에 이분은 분통했습니다. 받아들이기 힘들지만 받아들여야만 하는 현실에 가슴을 치며 울어야 했습니다.

유산의 상실을 경험한 엄마들에게 조심해야 할 위로가 있습니다. 아니, 위로가 되지 않는 위로가 있습니다. "아기는 또 가지면 된다.", "산 사람은 살아야 한다.", "얼른 뭐 좀 먹고 기운 내라." 등의 위로의 말은 위로가 되지 못합니다. 태아도 생명이니까요. 내 속에서 살아있던 자신의 아기이기 때문에 아기를 잃은 것입니다. 부모는 자녀를 잃게 되면 죄책감의 감정이 매우 클 수밖에 없는데 이렇게 유산을 하게 되면 산모는 대부분의 태아 상실 원인을 자신에게서 찾습니다. "내가 일을 너무 무리하게 했나.", "그때 그걸 먹어서 그런가.", "좀 더 조심할 걸 그랬나." 등의 미안함이 자책감으로 이어지면서 죄책감에 빠지게 됩니다.

유산을 경험한 산모에게 어떤 말도 위로가 되지 않겠지만 그래도 위로를 해주고 싶다면 곁에 그저 있어주는 것이 좋습니다. 집안일을 덜 할 수 있도록 집안일을 대신 해주거나, 음식을 해주거나, 청소 등의 여러 일들을 도와주는 것이 위로의 손길이 됩니다. 또한 심한 죄책감으로 슬프고 괴로운 산모에게 "너의 잘못이 아니라고." 단지 그 이야기만 조용히 해주시면 좋겠습니다.

저는 그 부분에 실수를 했던 경험이 있습니다. 직장에서 리더로 일을 할 때 함께 일을 했던 동료가 유산을 하게 되었습니다. 그날이 중요한 행사가 시작되는 날이라 저의 모든 신경은 온통 행사

에만 있었지요. 동료의 유산 소식에도 저는 제대로 위로도 해주지 못했을뿐더러 일의 진행에 차질이 생기는 것에 걱정을 먼저 하였습니다. 지금 생각해도 그 동료에게 미안한 마음뿐입니다. 제대로 돌봐주어야 할 때 오히려 그러지 못했으니까요. 그 동료가 얼마나 상심이 컸을지, 또 얼마나 슬프고 아팠을지 생각하면 지금도 속이 아립니다.

태아를 잃고 유산의 아픔으로 울고 계실 모든 엄마들을 안아주고 싶습니다. 당신 잘못이 아닙니다. 당신을 탓하지 마세요.


## 아가야 가지 마

태아를 유산으로 떠나보내는 슬픔도 있지만 아기가 태어나고 나서 어린 아가를 떠나보내야 하는 슬픔도 있습니다. 100일이 지난 아기가 갑자기 숨을 쉬지 않아 엄마 곁을 떠난 일이 있었습니다. 예상할 수 없던 일이었습니다. 천사처럼 선물로 찾아온 막내 아기를 이렇게 보내야만 하다니요. 엄마에게는 있을 수 없는 일이기에 슬퍼할 수조차 없었습니다. 분명 잠을 자고 있었는데, 잘 자고 있는 줄 알았는데, 아기의 죽음을 인정할 수 없었습니다. 엄마에게 이 상실은 무엇이라 말로 표현할 수 없는 아픔의 상실입니다. 엄마뿐 아니라 아빠와 가족들 모두 그랬습니다. 이러한 현실을 부정하고 싶었을 것입니다.

 오늘은 울어도 됩니다

　이분은 상담을 지속하지 못했습니다. 다행히 이분 곁에 가족들의 도움과 보살핌이 있어서 홀로 슬픔의 시간을 통과하지 않고 가족들과 아픔을 나누며 애도 시간을 보냈습니다. 그러나 저는 우려가 되는 부분이 있었습니다. 언젠가 이분을 다시 만나면 좋겠다는 마음이 항상 있습니다.

　애도는 어느 정도 적극성을 필요로 합니다. 수동성으로 시간이 지나가기만 한다면 건강한 애도가 잘 되지 않기 때문입니다. 여기서 말하는 적극적인 애도란 상실의 슬픔과 비탄을 표출하고 표현하는 것을 의미하고 있습니다. 사별 대상자에 대한 정리와 빨리 치유하려는 극복의 의미가 아닙니다. 슬픔을 분출하고 표현하는 것에 초점이 있습니다. 고통과 슬픔의 당연한 감정을 나타내도록 하는 데 의미가 있습니다. 그래야 자연스러워집니다. 삶에 대한 적응이 자연스럽게 되어갑니다.

　건강하게 애도를 하지 못하면 복합 애도 반응으로 애도가 지연되기도 하고 만성적 슬픔으로 장기간 힘들어지기도 하며 과장되거나 가면을 쓴 채 살아가야 할 수도 있습니다. 그러므로 자녀를 떠나보내는 상실의 슬픔을 경험한 엄마와 아빠가 분노하고 소리를 질러도 좋으니, 또 통곡하고 크게 울어도 좋으니, 건강하게 애도의 시간을 갖게 되기를 바랍니다. 가까운 곳에 상담기관이 있다면 찾아가시는 것도 권합니다. 홀로 슬픔을 감당하지 않기를 바랍니다. 할 수만 있다면 여러 도움을 받으시기를 바랍니다. 당신은 결코 혼자가 아닙니다.

# 우리도 그렇다

유혜진

오늘은 울어도 됩니다

뭉게구름 둥둥인데
소나기 소리에
하늘 한 번 더 쳐다본다
우리도 그렇다
인생의 소나기에
하늘 한 번
고통의 소나기에
하늘 한 번 더
바라본다



오늘은 울어도 됩니다

# 5) 엄마 미안해

## 엄마, 잘 가요

23년간 말을 하지 못한 채로 살아온 어머니가 있었습니다. 어머니는 51세 나이에 병을 얻어 이전의 삶과는 전혀 다른 삶을 살아야 했습니다. 뇌에 출혈이 생겨 그 후유증으로 인해 언어중추가 마비되었고 몸의 반쪽을 움직이지 못하는 심각한 장애를 가지게 되었던 것입니다. 어머니에게는 무남독녀 딸이 하나 있었습니다. 사연이 많은 가정이라 딸 하나와 살던 어머니는 그 후 스스로는 아무것도 할 수 없는 몸과 정신을 갖게 되었습니다. 결국 딸이 24시간 어머니를 돌보며 살아야 했지요. 그러나 어찌 그럴 수 있겠습니까. 딸도 일을 해야 했으니까요. 집을 비우는 경우도 많았겠지요.

그래도 다행히 재활치료를 받아 어머니는 처음엔 하반신을 비롯해 오른쪽이 모두 마비였는데 점점 하반신에 힘이 조금씩 생겼습니다. 불편하고 느리긴 해도 화장실까지 혼자 갈 수 있게 되었습니다. 어머니는 인지 기능이나 신체기능에 어려움이 생기다 보니 일상생활이 잘 되지 않았습니다. 전적인 딸의 도움으로 가능하였습니다. 목욕도, 식사도, 머리 감는 것도, 이동하는 것도 혼자서는 어려웠습니다. 그러나 왼손은 움직일 수 있어서 양치도 혼자서 하시고 나중엔 세수도 머리도 혼자서 할 수 있게 되었습니다.

어머니를 돌보며 사는 동안 이 딸은 결혼 생각이나 자기 미래의 꿈은 생각하기 어려웠습니다. 24세 나이에 이 딸은 어머니를 돌보는 삶을 살아야 했으니까요. 가정의 경제적 상황도 좋지 않았다고 합니다. 어머니가 빚이 있었던 모양입니다. 어머니는 아프기 전에도 빚으로 인해 생활고를 겪으며 살았다고 합니다. 그러다 보니 이 빚도 딸의 몫이 된 것이지요. 이 생활고도 딸에게 유산처럼 물려준 것이지요.

어머니는 점점 혈관성 치매 증상을 보이기 시작했습니다. 뇌의 출혈을 두 번이나 했기 때문에 어쩌면 당연한 일이었지요. 그러나 더 어려웠던 것은 언어장애를 가진 어머니와 소통이 되지 않았다는 것이었습니다. 어머니와 딸은 23년간 언어로 대화할 수 없었습니다. 어머니는 노래를 좋아해서 기분이 좋으면 노래를 불렀다고 해요. 가사는 없었겠지요. 멜로디만 있는 어머니만의 노래였습니다. 그러다 기분이 나쁘고 불편하면 소리를 지르고 이상한 표정을 지었다고 합니다. 딸은 어머니의 그 행동이 몹시 싫었습니다. 치

     오늘은 울어도 됩니다

매 증상이 진행되면서 딸은 어머니를 감당하기 어려워졌습니다. 딸은 그런 어머니가 원망스럽기도 하였고 또 안쓰럽고 불쌍하기도 하였습니다. 복잡한 양가 감정이 딸을 괴롭혔지요.

그런 어머니를 하늘나라로 떠나보내고 3년이 지났습니다. 이 어머니는 바로 저의 어머니입니다. 저의 이야기입니다. 어머니는 그렇게 50대, 60대, 70대 중반을 살다가 저의 곁을 떠나갔습니다. 그중 절반은 저와 함께 지내셨고 나머지 절반은 요양원에서 지내셨습니다.

사실 저는 어머니를 떠나보낼 연습을 자주 하였습니다. 어머니의 인간답지 못한 삶을 보며 삶에 대한 회의감이 언제나 저에게 물음을 갖게 하였습니다. '저런 삶도 삶이라 할 수 있는가', '인간의 존엄성은 어디까지인가', '자기인식이 어려운 사람의 삶은 어떻게 해야 하는가'. 소통을 할 수 없던 어머니와 23년간 나누었던 대화는 한 구절도 기억에 남아있지 않습니다. 저는 어머니와 행복하고 다정하게 지내고 싶었습니다. 여느 딸들이 그런 것처럼 나이가 들수록 친구가 되어 어머니와 같이 하고 싶은 것들이 많았습니다. 시장에도 같이 가고, 옷 사러도 같이 가고, 맛있는 음식도 먹으러 가고, 바다도 같이 보러 가고, 파마하러 미용실에 가서 나란히 앉아 있고, 그렇게 수다도 떨고, 손주들과 사위와 함께 칠순, 팔순잔치도 하고 싶었습니다.

불현듯 엄마가 해준 밥이 먹고 싶으면 달려가기도 하고, 투닥투닥 다투면서도 엄마 좋아하는 삼겹살을 사 가지고 가서 같이 구워 먹고도 싶었습니다. 어느 누구보다 많이 이야기하고 싶었습니다. 그동안 나누지 못했던 이야기들 간절히 나누고 싶었습니다. 그러나 저의 소망은 이루어지지 않았습니다. 어머니는 그저 저만큼 기억도 희미해진 채 자신을 잃어갔습니다. 몸은 더 구축되고 썩어 들어가 근육이 오그라들고 접히는 부분은 시술로 썩은 부위를 파내야 했습니다. 중년 시절부터 앓던 가벼운 중이염조차도 어머니에겐 가벼운 것이 아니었습니다. 병원 가는 일도, 한 번 치료 받는 일도 어머니에겐 쉬운 일이 아니었으니까요.

저는 그런 어머니를 떠나보내야 했습니다. 임종을 앞두고 마지막 인사를 나눠야 하는데 어떤 말도 할 수가 없었습니다. 그저 "엄마… 그동안 고생했어요.", 이 말만 하였습니다. 그리고 장례를 치렀습니다. 장례식은 이중적이고, 그렇게도 잔인하였습니다. 그래도 어머니가 마치 선물을 주신 것처럼 장례식 때 멀리 있던 사람들과 친구들을 만날 수 있었습니다.

장례식이란 그런 것이지요. 헤어졌던 사람들을 만나게 하는 것이지요. 그런데 그 후 저는 심리적 방황을 하게 되었습니다. 저의 애도 기간은 생각보다 길었습니다. 사실 애도가 잘 되지 않았습니다. 어머니께 하고 싶었던 이야기를 제대로 하지 못했다는 것과 어머니에 대한 미안함과 죄책감이 저를 몹시 괴롭혔습니다. 사람을 만나야 하는 상담자임에도 불구하고 사람을 만나기가 싫었습니다. 어디 섬에라도 들어가 홀로 있고 싶었습니다. 밥 한술 들어가는 것이 어려웠습니다. 다 귀찮고 싫었습니다. 아무것도 하고 싶지 않았

　　　　　　　　오늘은 울어도 됩니다

습니다. 저는 우울했습니다. 저 자신이 감당이 되지 않았습니다. 그러나 일상은 살아야 하니 그저 시체처럼 일상을 살아냈습니다.

겉으로는 괜찮아 보였을 것입니다. 그러나 저의 속사람은 자유가 없었고 평안함이 없었습니다. 그리고 그런 시간을 1년 반이 넘도록 보내야 했습니다. 어머니는 제 곁을 떠났지만 저는 어머니를 보내지 못했습니다. 여전히 어머니에 대한 양가 감정으로 괴로워하고 있었습니다. 애도가 잘 되지 않던 저는 다른 이유로 지도교수님과 상담을 진행하게 되었는데 저는 조금씩 저 자신을 보기 시작하였습니다. 어머니와 저의 관계에서 풀어야 할 숙제가 있었음을 알게 되었습니다. 저를 괴롭혔던 것은 다름 아닌 저 자신을 용서하지 못하고 있다는 것이었습니다.

어느 날 제가 상담을 진행하는데 내담자분이 저에게 자신을 용서할 수 없다는 이야기를 꺼내놓았습니다. 그분은 아버지와의 관계에서 어려움을 겪고 있었는데 자신도 밉고 아버지도 밉다는 이야기를 나누었습니다. 저는 상담자로서 그분께 이야기했습니다. "자신을 조금 받아주세요. 쉽지 않겠지만 자신을 용서해 주세요.". 그런데 그 말이 저의 마음에 파동을 일으켰습니다. 그 이야기는 사실 저에게 하고 싶은 말이었으니까요.

상담이 끝난 후 저는 한참을 울었습니다. 저 자신을 용서하기 힘들었던 이유를 깨닫게 되었습니다. "너는 딸도 아니야.", "어떻게 엄마한테 그럴 수 있어?", "너는 달라야지.", "너는 사역자인데… 너는 상담자인데 너는 위선자고 이중인격자야.". 저는 끊임없이 이렇게 저를 공격하고 있었음을 알았습니다. 제 속의 저를 감옥에 가둬두고 학대하고 벌을 주고 있었습니다. 그렇게 해야 제가 버틸 수 있었으니까요. 그렇게 해야 제가 생존할 수 있었으니까요. 저를 공격하는 것⋯ 그것이 저의 생존 방식이었습니다. 제 속에 저는 얼마나 외롭고 힘들었을까요. 그제야 저는 저 자신을 받아주어야 한다는 마음을 가지게 되었습니다. 저 자신을 이제 용서해 주어야 했습니다. 그래야 어머니를 떠나보낼 수 있기 때문입니다.

저 자신과의 관계 회복이 먼저 필요했던 것입니다. 많은 분들이 저처럼 상실 이후 자신을 용서하기 힘들어 괴로운 시간을 보냅니다. 자신을 받아주는 것이 쉽지 않은 분들이 있습니다. 저는 하나뿐인 딸로서 어머니를 끝까지 돌보지 못했음에 미안함과 죄책감을 항상 안고 살았습니다. 그러나 살아오는 동안 어머니에 대한 미움도, 분노도 실은 가지고 있었습니다. 그러다 보니 어머니에 대한 양가 감정의 간격이 매우 컸습니다. 간격이 클수록 혼란이 커지게 됩니다. 그 간격에서 때로 진짜 자신이 누구인지를 헷갈려 합니다. 비의식 속 자기를 제대로 보지 못하면 끝끝내 자신을 구석에 몰아세우고 자기학대를 비롯하여 자기를 지속적으로 괴롭히며 사는 것이지요.

이런 경우 우리는 자기와의 화해가 필요합니다. 저는 저 자신에게 이야기해 주었습니다. "너를 받아주지 못해서 미안했어. 이제 너 자신을 용서해 주렴. 이제 좀 받아주렴.", "다⋯ 똑같단다. 네가 다르지 않아도 된단다.", "어머니도 다르지 않았어. 어머니는 널 버

  오늘은 울어도 됩니다

리지 않았어. 널 지켜주었어.", "너도 엄마를 버린 것이 아니야. 너도 최선을 다했어.".

어머니 장례를 치른 뒤 2년이 지나 저는 어머니께 찾아가 인사를 할 수 있었습니다. 저는 그제야 비로소 "엄마, 잘 가요."라는 굿바이 인사를 할 수 있었습니다. 자기 자신과의 화해와 회복이 되고 나니 저는 어머니와의 관계에서도 변화가 있었습니다. 애도여행을 하는 동안 저는 어머니에 대한 따뜻했던 기억을 떠올릴 수 있었습니다. 매일 아침 머리를 땋아주셨던 어머니의 손길, 잠든 딸아이 얼굴을 만져주던 손길, 봄이 되면 함께 쑥을 캐러 갔던 따스한 기억들, 금으로도 은으로도 바꾸지 않는다던 어머니의 눈물 어린 목소리도 기억이 났습니다. 그런 어머니의 따스했던 손길과 사랑이 너무 커서 저는 어머니가 더욱 그립고, 보고 싶었습니다. 더욱 미안함도 커졌습니다. 그러나 이전처럼 미안했던 마음이 저 자신을 괴롭히진 않게 되었습니다.

어머니가 말을 할 수 있다면 저에게 무어라 하실까요? 저는 천국에서 엄마를 만나면 뭐라 말할까요? "엄마 미안했어요. 그때 엄마를 그렇게 보낸 것도, 끝까지 보살피지 않은 것도, 자주 찾아뵙지 못한 것도… 다 미안해요.", 그리고 "나 태어나게 해준 거, 날 버리지 않고 지켜준 거, 혼자 살기 힘들었을 텐데 나 돌봐준 거, 아플 때에도 날 따뜻하게 바라봐 준 거… 우리 아들 아플 때 안아주려고 한 것도… 다 고마워요."라고 말하고 싶습니다. 그런 저에게 우리 어머니는 아마도 이렇게 말씀하시겠지요.

"혜진아, 네 마음 다 안다. 다시 태어나도 너는 내 딸. 너를 절대 포기하지 않을 거다. 고맙다, 내 딸."

애도여행에는 이와 같은 과정이 필요합니다. 자기와의 화해도 필요하고, 자신을 수용해 주는 시간도 필요하고, 자기용서가 필요합니다. 그러다 보면 상실 대상에 대한 따뜻했던 기억들로 인해 해결되지 않았던 관계에서 의도치 않았던 회복을 함께 경험하게 될 것입니다. 그 안에서 이전에 누리지 못했던 평안과 자유를 경험하게 될 것입니다. 오늘은 어머니가 더욱 그립습니다.

# 6) 마음이 너무 아파요

## 친구와 안녕

(앞에서 이야기했던 친구입니다)

친구를 무척 좋아하던 고등학생이 있었습니다. 처음 이 친구를 상담실에서 만났을 땐 어떤 의욕도 찾아보기 어려웠습니다. 눈빛도 힘을 잃었고, 손발도 기운이 없었습니다. 내 앞에 앉아있는 이 학생은 고개를 푹 숙인 채 상처받은 어린 새처럼 날갯짓을 하기 어려운 상태처럼 보였습니다. 참으로 안쓰러운 마음이 들었습니다. 이유를 알아야 했습니다. 무엇이 이 학생을 이렇게 만들었는지 들어야 했습니다. 좀처럼 마음을 열어주지 않을 것 같던 이 학생이 다행히도 두 번째 만남부터 마음을 열어주었습니다.

이 학생에게는 여자친구가 있었던 거지요. 정이 많던 이 학생은 여자친구에게도 참 잘해주었습니다. 그런데 여자친구가 다른 사람과 있던 장면을 목격하게 되었습니다. 그것은 충격적인 장면이었습니다. 트라우마처럼 선명하게 남게 된 이 사실로 인해 이 학생은 사람을 믿지 못하게 되었습니다. 이 세상에 믿을 만한 대상이 없다는 충격을 받은 것이지요. 여자친구에 대한 감정은 복잡했습니다. 배신감과 슬픔이 공존했습니다. 학교를 더 이상 다니고 싶지 않았습니다. 휴학을 해야 할지 부모님은 심각하게 고민하였습니다. 그러나 일단 저는 휴학은 그다음 문제라고 생각되었습니다. 이 학생의 상처 입은 마음이 먼저였으니까요. 학교 휴학 결정은 이 학생이 그다음 선택하는 것이 좋을 것 같았습니다.

이 학생은 상실한 것이지요. 어제까지 좋아했던 여자친구를 하루아침에 잃어버린 것입니다. 그런데 그 친구를 같은 곳에서 매일 마주쳐야 한다는 것은 도무지 감당하기 어려운 일이었을 것입니다. 아직 청소년이라 자기의 감정을 읽는 것도, 또 감정을 건강하게 조절하는 것도 아직 어려운 일일 테니까요. 다행히도 이 학생은 상담시간에 성실하게 잘 찾아와 주었습니다. 저 같은 사람이 필요했던 것이지요. 자신의 상실로 인한 아픔을 이야기할 공간과 이야기를 들어줄 믿을 만한 사람이 필요했던 것입니다.

상담시간에는 그 학생의 상실을 다루었습니다. 그리고 그 시간은 꽤 길었습니다. 이 학생이 상실을 받아들이도록 다독였습니다. 얼마나 그 일로 인해 상심이 컸는지, 두려움이 생겼는지, 사람들에 대한 불신감과 배신감이 얼마나 자신을 괴롭히는지를 모두



오늘은 울어도 됩니다

나누었습니다. 모두 나누고 나니 이 학생은 조금씩 편안해졌습니다. 눈빛에도 힘이 점점 생겼습니다. 그리고 여자친구에 대해서도 어쩔 수 없지만 떠나보내는 작업을 할 수 있었습니다. "왜 하필 나한테 이런 일이 생겼나요."라고 호소하던 이 학생은 "나에게도 이런 일이 얼마든지 생길 수 있구나."로 자신에게 일어난 일을 수용하게 되었습니다. 원하지 않지만 우리가 살아가면서 일어날 수 있는 일들도 있다는 것을 받아들이게 된 것이지요.

'받아들임'은 이 학생이 분노했던 현실과 상황에서 그런 상황에 놓인 자기를 독려하고 다독이는 쪽으로 변화하게 도와주었습니다. 그런 상실을 경험할 수도 있다는 '자기이해'와 '헤아림'이 자기를 조금씩 해방시킬 수 있도록 도왔던 것이지요. 물론 이 과정은 한 번에 드라마틱하게 이루어지진 않았습니다. 이 학생이 마음을 충분히 열어서 자신을 통찰했기에 가능했습니다. 자기 마음을 이해하려고 노력하는 이 학생의 통찰력과 책임감을 저는 존경합니다. 자신의 삶에 대한 책임감이 높았던 학생이었습니다. 누구보다 자신의 회복을 간절히 바랐던 그 학생의 소망이 자신을 깊은 상실의 상처로부터 해방시켰다고 봅니다.

얼마 전 입대를 앞두고 그 학생이 저를 찾아왔습니다. 얼마나 반가웠는지 모릅니다. 얼굴엔 생기가 돌고 어느 누구보다 씩씩하였습니다. 아픔을 딛고 상실의 시간을 건강하게 애도했던 그 학생을 저는 오래오래 마음속에 간직하고 싶습니다. 그리고 그 친구의 삶을 응원합니다.

# 다시 돌아와 줘

7년 정도 사귀었던 남자친구와 이별을 하고 찾아온 분이 있었습니다. 7년이란 시간은 짧은 시간이 아닙니다. 이분은 이별을 통보받고 이별을 인지하긴 했지만 부정하고 싶어 했습니다. 다시 남자친구가 돌아올 수도 있다는 희망이 있었습니다. 그래서 이분에게는 이별이 진짜 이별이 아니었던 것이지요.

몇 번이고 이분은 남자친구를 찾아갔다고 합니다. 이별 후에 말이지요. 꽤 먼 거리임에도 불구하고 찾아가서 만나고 울기를 반복했다고 합니다. 나중에는 남자친구가 거부하며 연락이 되지 않았다고 합니다. 7년을 사귀는 동안 헤어졌다 다시 만난 적이 있어서 이번에도 그럴 거라 생각했다고 합니다. 남자친구는 자신이 없으면 안 될 거라고 믿었다고요. 그래서 시간이 지날수록 불안이 더욱 커지고 확인하고 싶었을 것입니다.

드라마에서 보는 것처럼 남자친구가 다른 이성을 만난다 할지라도 결국 자신에게로 돌아오는 상상을 했다고 합니다. 이분은 불안이 매우 높아 보였고 잠을 거의 자지 못할 정도로 상심해 있었습니다. 남자친구가 돌아올 거라고 믿으려고 안간힘을 쓰고 있지만 사실은 그것은 사실이 아니었으니까요. 거짓을 사실처럼 붙들어야 겨우 살 수 있었으니까요. 이분에게 있어서 남자친구와 함께했던 7년의 시간은 단순히 숫자의 의미만 있는 것이 아니었습니다. 숙명적인 만남과도 같이 이분과 남자친구는 서로에게 필요한 존재였을

뿐 아니라 서로를 위해 헌신하고 아끼지 않는 도움을 주는 그런 관계였던 것입니다. 그러다 보니 이분에게 있어서 남자친구와의 이별은 단순한 이별이 아닌 그동안의 시간을 잃어버리는 것과 다름없는 상실이었습니다.

우리가 이렇게 누군가를 만나서 교제하다가 이별을 하게 되면 헤어짐을 받아들이고, 그동안의 시간을 정리하는 시간이 필요합니다. 비록 처음에는 아름답고 젠틀하게 헤어질 수 없을 때도 있겠지만 그럼에도 불구하고 이별은 누구에게나 쓰디쓰고 불편하기에 끝까지 자신을 잃지 않게 되기를 바라는 마음이 있습니다. 죽을 것 같은 절망이 몰려오기도 하고 그 사람 없이는 살 수 없을 것 같고, 그 사람이 나 아닌 다른 사람과 사랑하고 결혼하는 것을 생각만 해도 싫고 슬픈 것이 당연합니다. 그러한 이별 후 모든 감정들을 인정하면서 그런 자신을 안아주는 애도 시간이 요구됩니다. 누군가를 만나 사귀며 사랑하는 것도 쉽지 않지만 그렇게 만나고 사귀다가 헤어지는 것도 쉬운 것이 아니기 때문입니다.

때로 이별의 감정과 애도 시간이 다 지나기 전에 조금 성급하게 다른 이성과의 만남을 시도해 보거나 결혼을 하게 되는 경우도 보게 됩니다. 모두 다 그런 것은 아니지만 이럴 경우 많은 분들이 후회를 하는 것을 보았습니다. 누군가를 잃은 상실한 마음은 슬픔을 비롯한 분노, 외로움 등의 복합적인 감정이 밀려오는 홍수의 시간이기 때문에 이럴 때는 잘 분별하여 선택하는 것이 어려울 수도 있습니다. 그래서 결혼의 대상을 선택하는 중요한 기로에서 건강한 판단이 평소보다 다소 어려울 수 있습니다. 조심스럽게 말씀드리고 싶습니다. 자신을 위한 시간을 좀 더 가지시고 그 후에 교제도, 결혼도 다른 선택도 하시길 바란다는 말씀을요. 후에 자신이 내린 결정과 선택에 대해 후회를 덜 할 수 있도록 자신을 지키시길 바랍니다.


## 남자친구와의 이별이 믿기지 않아요

또 다른 한 분도 남자친구와의 오랜 사귐 끝에 이별을 하게 되었습니다. 이분은 이별 통보를 받은 후에 하루하루를 우울감으로 보내고 있었습니다. 잠자는 것도 힘이 들고, 일어나는 것도 힘이 들었습니다. 어떠한 삶의 의욕이 올라오지 않았습니다. 남자친구로부터 더 이상 연락이 오지 않자 이분은 이별을 받아들여야 한다는 생각을 하게 되었습니다. 그러나 그것이 쉽지 않았겠지요. 매일 수천 번 마음이 왔다 갔다 했을 것입니다.

이분은 남자친구와 결혼도 생각하며 계획하고 있었는데 결국 헤어지게 된 것이지요. 저와 처음 만났을 때 이분은 툭 하고 건드리기만 해도 눈물을 쏟아낼 정도였습니다. 먹지도 못한 탓인지 몸에 기운도 전혀 없어서 참으로 안타까웠습니다. 이별은 그런 것입니다. 그 사람과 함께 했던 추억은 다 그대로인데 그 사람이 달라진 것을 받아들이는 것은 힘이 드는 일입니다. 무엇이든지 함께했던

 오늘은 울어도 됩니다

시공간으로부터 버림당한 기분일 것입니다. 남자친구를 보내주어야 한다는 것을 알면서도 배신감에 몸부림치는 날들이 반복될 것입니다. 이분은 그 당시 매일 그 선택과 감정에 파도처럼 왔다 갔다를 반복하였습니다.

그동안의 자신을 반성해 보기도 하고, 다시 찾아가서 붙들어 볼까도 생각하고, 이런 일은 그냥 지나가는 것이라 여기며 시간을 좀 갖자고 해볼까도 하고, 이것은 아니라며 고개를 저으며 이제는 헤어지자고 결심을 하기도 몇 번을 했을 것입니다. 그런 시간을 무한대로 반복하면서 헤어짐을 받아들여 갈 것입니다. 이분의 상실은 우울감으로 깊어지고 있었습니다. 저는 이분에게 상담과 약물치료를 병행할 것을 권하였습니다. 그래도 다행인 것은 가족들과 이분의 관계가 나쁘지 않아서 가족과 이야기를 조금이라도 나누고 있었다는 것이었습니다. 또한 이분의 관계를 맺는 패턴에 대해서도 좀 더 알아가야 했기에 이분과의 상담은 애도뿐 아니라 이분의 심리적 문제와 어릴 적 경험들에 대해서도 깊이 나누게 되었습니다.

이분은 자신의 삶을 그냥 포기할 수 없기에 취업도 준비하면서 다시 공부하였고 조금씩 이별을 받아들이게 되었습니다. 나아가 상담기간에 한 번도 생각해 보지 않았던 가족들, 특히 부모님의 삶에 대해 깊이 이해하는 시간을 갖게 되었습니다. 때로 이성적 판단을 한 후에 감정적 슬픔과 절망이 뒤늦게까지 자신에게 남아있기도 합니다. 그럴 경우 실은 자신의 마음속의 진짜 자신의 목소리를 들을 수 있어야 합니다. 진짜 자신의 목소리는 무엇인지 말입니다. 진짜 자기가 내린 선택과 바람 등을 알고 그 메시지를 읽을 수 있을 때 우린 조금 더 '자기로서의 삶'을 살아갈 수 있습니다. 그 자기는 주도적인 자기이고 매우 현명한 판단을 할 수 있는 자기일 뿐만 아니라 진정한 자기로서 '자기를 사랑할 수 있는 자기'입니다. 그것은 자기를 위해 어떤 선택을 할 것인가에 대해 답을 해보면 알게 됩니다. 언제나 자기편에 설 수 있는 대상은 그래도 자기 자신입니다.


## 오빠를 보내고

오빠를 사별로 먼저 떠나보낸 경우가 있었습니다. 형제자매가 있는 경우라면 우리는 사는 동안 나보다 먼저 형제나 자매를 떠나보내는 이별을 하게 되지요. 3남매로 티격태격 싸우기도 하였지만 그래도 오빠는 이분에게 참 좋은 존재였습니다. 언제나 똑똑했던 오빠가 사고로 크게 다친 후에 오빠가 가엾고 안쓰러웠다고 합니다. 오빠와 자신도 어느덧 성인이 되어 각자 따로 살게 되었는데 오빠는 혼자서 살다가 결국 췌장염과 여러 질병이 찾아와 30대 중반의 젊은 나이에 세상을 떠나게 되었습니다.

오빠는 말수가 적고 키가 컸습니다. 그래도 착한 마음을 가진 따뜻한 오빠를 이분은 기억했습니다. 오빠가 여러 아픔을 겪는 동안 자신이 아무것도 해줄 수 없어서 미안하다고 했습니다. 오빠가

 오늘은 울어도 됩니다

마지막 사경을 헤매는 동안 이분은 임신 중이었습니다. 그럼에도 불구하고 오빠를 만나기 위해 멀리 와서 병실에 누워있는 오빠를 보살피기도 하였습니다. 수염도 깎아주고, 젖은 수건으로 얼굴도 닦아주고, 그렇게 누워있는 오빠가 참 가여웠습니다. 좋은 세상을 제대로 살아보지 못한 오빠가 불쌍했습니다. 오빠를 위해 지금 해줄 수 있는 것은 이렇게 얼굴 닦아주는 것밖에 없다는 것이 서글펐습니다. 그리고 그렇게 병원을 다닌 탓인지 이분도 아파버리고 말았습니다.

그 후 오빠를 떠나보내고 쓸쓸한 장례식을 치렀습니다. 3남매 중 남은 2명은 오빠와 형을 떠나보내는 것이 쉽지 않았을 것입니다. 성인이라 할지라도 죽음으로 떠나보내기엔 아직 젊은 나이였으니까요. 또한 사는 동안 아픈 날들이 많았기에 그 삶이 안타깝고 불쌍했던 것입니다. 한편으로는 엄마가 이제 고생을 덜 하겠구나 싶었다고 합니다. 오빠의 병으로 오랜 시간 엄마가 힘들게 살았으니까요. 이분에게도 엄마를 생각하면 다행이다 싶은 마음과 오빠를 떠나보내야 하는 슬픈 마음이 공존하였습니다. 여러 마음이 공존하는 이중적이고 다중적인 감정을 가진 채 애도의 시간을 보냈습니다. 해마다 명절이 오면 이분은 오빠 생각이 더욱 나겠지요. 홀로 있는 엄마를 더욱 돌보는 마음도 생기겠지요. 오빠를 쓸쓸하게 떠나보냈지만, 오빠가 살아서 질병으로 고생하는 것보다는 낫다는 마음으로 스스로를 위로할 것입니다. 그것도 이별의 과정인 것입니다. 그런저런 마음을 갖게 되는 것도 이별, 즉 애도의 과정이라

할 수 있습니다. 이분이 부디 오빠를 그리워할 때 따뜻함으로 그리
워하면 좋겠습니다. 자책하거나 자신을 미워하지 않고 오빠 그대
로를 추억하고 그리워할 수 있기를, 그리고 남은 가족이 서로 사랑
하고 돌봐줄 수 있다면 좋겠습니다.

# 7) 의욕이 나지 않아요

## 온라인 멘토의 추락과 함께 찾아온 상실감

현대 사회는 인터넷상에서 만남을 갖게 되는 경우가 많습니다. 그래서 실제로 대면하여 그 대상을 만나지 않더라도 유튜브에서 그 대상을 오래 만날 수 있고 친밀한 감정을 가질 수 있으며 친밀감을 쌓을 수 있습니다.

저도 오래전에 좋아했던 연예인(배우)이 스스로 생을 마감했다는 뉴스를 보고 난 뒤 충격에서 벗어나기까지 한참 걸렸던 적이 있었습니다. 그 대상은 저를 모르겠지만 나라는 존재가 동경하던 어떤 대상이 죽음을 맞이하거나 고통을 당하거나 실망을 주는 행동을 하였다는 소식을 접하게 되면 우리는 크고 작은 상실감을 경험하게 됩니다. 그런 유명인의 슬픈 소식은 그를 동경했던 대상에게 상실감과 더불어 정서적 우울을 경험하게 합니다. 저는 그 상실도 애도가 필요하다고 말하고 싶습니다.

자신에게 영감을 주던 온라인 멘토가 있었습니다. 그런데 워낙 온라인(유튜브)에서 유명한 분이었고 전파력과 영향력도 컸던 터라 어떤 실수도 큰 파장을 일으키게 된 것이지요. 이분은 그 유튜버를 온라인 멘토로 생각할 정도로 그가 하는 강의나 책을 찾아서 듣고, 보고 하였습니다. 그런데 생각지도 못한 일이 일어나게 되어 그 멘토에게 위기가 찾아온 것입니다. 그가 하는 온라인 방송을 더 이상 볼 수 없게 되었고 그 멘토는 사람들의 여러 질타를 받게 되었습니다.

이분은 그 멘토의 추락(?)하게 되는 상황을 보는 것이 너무나 괴로웠습니다. 자신이 존경하고 좋아했던 대상이 많은 사람들로부터 질타를 받는 것도 괴로웠고, 그와 동시에 그 멘토를 더 이상 볼 수 없다는 아쉬움이 컸습니다. 그런데 그뿐이 아니었습니다. 그 멘토의 무너짐은 이분의 어떤 절망과 연결이 되었습니다. 이분이 가지고 있던 꿈이 무너지는 느낌이었습니다. 이분이 그 멘토를 좋아하게 된 계기는 이분이 가지고 있는 꿈 때문이었기 때문입니다. 그러다 보니 그 온라인 멘토의 추락은 이분의 꿈이 사라지는 것 같은 절망을 갖게 했습니다.

그 후로 이상하게도 삶의 의욕이 사라지는 것 같았다고 합니다. 열심히 꿈을 향해 나아가고 달려가고 있던 이분에게 온라인 멘토가 무너지는 상황은 큰 상실감을 안겨준 것이지요. 그것은 꿈을

 오늘은 울어도 됩니다

잃어버린 것 같은 상실감이었고, 자신이 바라보고, 믿고 달려갈 인생 멘토를 잃은 상실감이었습니다.

이분이 그러한 상실감을 알아차리는 것은 쉽지 않았습니다. 자신의 마음 상태를 충분히 보고 이해하려는 시도가 있었기 때문에 인생 멘토와 자신의 꿈이 연결됨을 알아차릴 수 있었습니다. 어떤 대상과 나의 꿈의 연결이 끊어지는 순간 우리는 상실감으로 인해 슬프기 마련입니다. 그것 또한 상실이고 그렇다면 애도가 필요하다는 뜻입니다. 이분은 계속해서 자신의 배우자와 이런 대화를 했다고 합니다. 자신의 꿈도 자신의 감정 상태에 대해서도 끊임없이 말로 표현하고 이야기를 하였다고 합니다. 그러다 보니 자신이 온라인 멘토를 잃은 것이 자신의 꿈과 연결되어 있다는 것을 발견할 수 있었다고 합니다. 그것도 상실이라는 것을 발견하고 애도하면서 충분한 시간을 가질 수 있었습니다.

## 보름이가 무지개다리를 건넜습니다

보름이 이야기를 해보겠습니다. 이 책에서 유일하게 실명을 말할 수 있는 존재입니다(물론 그 보호자에게 동의와 승낙을 받았습니다). 보름이는 얼마 전 무지개다리를 건넌 반려견입니다. 보름이는 유기견이었습니다. 이 가정은 유기동물에 대한 관심과 애정도가 높아서 보름이를 보고 첫눈에 알아봤다고 했습니다. '우리 집에 데리고 와야

겠다'라고요. 그런데 보름이가 아팠습니다. 신장이 좋지 않다는 것은 알고 데리고 왔지만, 집에 온 지 얼마 되지 않아 병원 진료를 받았는데, 생각보다 상태가 더 나빴습니다. 보름이 가족은 그때 짐작을 했더랍니다. '보름이가 얼마 못 살지도 모르겠구나…'라고요.

보름이는 골든리트리버로 다섯 살입니다. 덩치가 크지만 유순한 성격을 가지고 있었습니다. 이 집의 막내아들이 가장 아끼고 좋아했다고 합니다. 아침에 눈을 뜨자마자 막내아들은 보름이를 껴안고, 뽀뽀하고, 보름이 배 위에 기대어 누워있기도 할 정도로 좋아했다고 합니다. 막내의 사랑이 귀찮고(?) 성가셔도 보름이는 다 받아줄 정도로 순하고 착했습니다.

동물병원에서 길면 1년이라는 이야기를 들었습니다. 보름이에게 남아있는 시간이 그 정도라는 이야기를 듣고 이 가족은 어느 정도 마음의 준비를 해왔습니다. 그런데 막상 정말 1년이 못 되어 보름이가 떠났을 때 가족에게 가장 컸던 마음은 미안함이었다고 했습니다. 보름이가 아픈데도 해줄 수 있는 것이 없어서 미안했다고 했습니다. 그저 지켜보는 것이 최선이라는 것이 더욱 미안했다고 합니다. 더군다나 이 가정의 여러 상황이 좋지 않아 마지막에 보름이를 병원에 데리고 못 간 것이 못내 마음에 걸린다고 하였습니다. 오래오래 미안함으로 남아있는 존재, 그 존재가 보름이였습니다.

집에서 조용히 떠나간 보름이의 흔적은 몇 달이 지난 지금도 이 가족에게 남아있을 것입니다. 아픈 유기견이어서 1년 정도 함께 있을 것을 예측하였지만, 막상 함께 지내던 보름이를 떠나보낸

 오늘은 울어도 됩니다

후 허전함과 미안함이 오래 남게 되는 것이지요. 함께 지냈던 반려동물이 무지개다리를 건너고 나면 가족들은 허전함과 슬픔을 오래 갖게 됩니다. 다른 동물로 채워지지 않는 슬픔과 허전함입니다. 가족을 잃은 것이기 때문입니다. 상실감으로 인한 충격과 슬픔, 허전함은 때로는 오래 지속되기도 하고 그만큼 애도의 시간이 필요할 것입니다.

보름이를 떠나보낸 후 가장 허전함을 갖게 된 가족은 누구였을까요. 아마도 보름이와 가장 시간을 많이 보낸 막내아들이었을 것입니다. 아침에 눈을 뜨면 그 허전함에 보름이를 많이 그리워할 것입니다. 그 모습을 지켜보는 엄마의 마음에도 보름이는 또 찾아오겠지요. 미안함으로, 또 그리움으로.

# 8) 우리 헤어졌어요

## 파혼을 결정하기까지

7년간 교제하던 이성친구와 헤어지고 상담실에 찾아온 분이 있었습니다. 이분은 여자친구를 27세에 만나 교제를 하며 결혼을 계획하였습니다. 그런데 7년간의 교제에 종지부를 찍고 파혼을 해야만 했습니다. 파혼을 선택한 쪽은 이분이었습니다. 그 결정은 결코 쉽지 않았을 것입니다. 어쩌면 계획한 대로 결혼을 했을 수도 있었을 것입니다. 이분이 저를 만났을 때는 파혼을 하고 여러 달이 지난 뒤였습니다.

괜찮다가도 감정이 밀려온다고 이분은 이야기하였습니다. 그 감정은 여러 가지였습니다. 불안도 있고, 여자친구에 대한 미안함도 컸고, 미래에 대한 걱정도 있었습니다. 짧은 시간이 아니었지요.

 오늘은 울어도 됩니다

7년이란 시간은 두 사람에게나 이분에게나 길면 긴 시간이었습니다. 그만큼 추억도 많고 지울 수 없는 기억들도 많았습니다.

　　이미 청첩장과 예식장 섭외를 마친 상태였기 때문에 파혼을 결정하기까지, 또 결정하고 실행하기까지 이분이 얼마나 마음고생을 했을지 생각하면 안쓰럽습니다. 그 고민이 주는 무게를 감당해야 했으니까요. 그가 하는 선택에 대한 대가를 지불해야 했으니까요. 그럼에도 불구하고 그 선택을 할 수밖에 없는 이유가 있었을 것입니다. 이분과 상담을 이어가면서 그러한 선택의 이유를 알고 싶었습니다. 또한 이분이 가지고 있는 가치에 대해 이해하고 싶었습니다. 결국 그 가치에 따라 이분은 선택을 한 것이니까요.

　　이분의 전체기억들을 나누게 되었습니다. 태중에서부터 유아기·사춘기를 지나 현재에 이르기까지 떠오르는 기억들을 이야기로 나누었습니다. 그의 심리적인 흐름이 무엇인지 조금씩 이해할 수 있었습니다. 이분에게는 무엇보다 신앙과 신앙 안에서 함께 하는 시간을 갖는 것이 매우 중요했습니다. 또한 부정적 기억들은 빨리 잊으려 하여 자기 것이 아닌 것처럼 기억 저편으로 보내버리려 했고, 긍정적 기억들만 기억하여 저장하려는 반복적 패턴이 있었습니다. 그런 패턴이 낳은 무의식적 결과와 행동은 긍정이라는 한쪽의 모습만 자기로 보고 싶어 하는 경향을 나타내며 부정적인 자기의 모습은 자기로 받아들이지 않으려 했습니다. 그러다 보니 좋은 모습, 즉 좋은 이미지의 자기를 드러내고 부정적 자기의 모습은 자기도 모르게 드러나는 것이 두려워졌을 것입니다. 그럼 어떻게 될까요? 자기 가면을 만들어 쓰게 될 가능성이 높습니다. 물론 사람들은 어느 정도 여러 가면들을 쓰고 살고 있지요. 그중에서 특히 잘 쓰는 가면이 있는 것이지요. 이분은 긍정적인 가면, 즉 좋은 사람의 가면을 쓰고 있었습니다. 한편으로는 사람들이 진짜 자기를 알게 되는 것이 두려웠겠지요.

파혼을 하고, 상실을 경험한 후 이분에게 무엇이 필요했을까요? 저는 이분에게 충분히 시간을 가지고 '파혼'이라는 부정적인 경험과 상실을 자기 것으로 받아들이고 애도하시라고 말해주었습니다. 이분은 파혼이라는 상실도 어서 빨리 처리하고 싶은, 아니 어쩌면 어서 정리하고 싶은 부정적 기억일 수 있었을 것입니다. 그렇게 되면 상실로 인한 여러 슬픔과 후회, 미안함, 불안과 걱정, 두려움 등의 감정들을 마주하지 못하고 빨리 지나가려고만 하는 양상을 가지게 되었을 것입니다. 그 선택도, 그 정서도, 그 불안과 염려까지 모두 이분의 것인데도 말입니다.

우리는 우리의 양면적인 모습을 자기 것으로 인정할 필요가 있습니다. 애도 과정을 지나는 분들 중에서도 이분 못지않게 슬픔이란 감정이나 정서를 부정적으로 여겨 충분한 애도를 하지 못하시는 분들이 보았습니다. 특히 기독교 신앙을 가진 분들 중에서 그런 경우가 있습니다. 상실 후 하나님에 대한 분노가 있음에도 불구하고 그 감정을 표현하지 못할 뿐만 아니라 천국을 소망하며 울지 말아야 한다는 생각으로 우는 것을 나약하고 부끄럽게 여기는 분들도 있습니다. 우는 것, 슬퍼하는 것을 믿음이 없는 것으로 여기는

 오늘은 울어도 됩니다

마음인 거지요.

구약성경에 보면 시편에서 다윗도 슬프고 억울한 일 겪었을 때 울부짖고 소리 지르고 분노하는 모습을 보입니다. 저는 그런 인간의 모든 감정을 아시는 하나님이 그런 감정을 오히려 알고 계실 것이라고 생각합니다. 우는 것, 슬퍼하는 것은 믿음이 없는 것이 아닙니다. 오히려 믿음이 있기에 울 수 있는 것이지요. 그럴 만한 신뢰관계인 것입니다. 그 신뢰관계 안에서 충분히 여러 다양한 감정과 모습들을 보이고 표현할 수 있으면 좋겠습니다.


## 이제 떠나야 할 때

결혼을 하고 상처를 입은 상황에서 이혼을 하신 분이 있었습니다. 사명감으로 인생을 살고 싶으셨던 이분은 남편과의 만남과 결혼에서도 다른 것을 바라지 않고 오직 교사의 사명감으로 살고자 하는 소망이 있었습니다.

결혼 초에는 사는 집이 좋지 않아도 문제가 되지 않았습니다. 늦은 밤까지 두 사람이 일을 하며 둘만의 시간이 주어지지 않아도 괜찮았습니다. 그러나 남편과의 관계에서 어려움이 생겼습니다. 남편의 행동은 이분에게 상처를 주게 되었고 결국 두 사람은 함께 살기 어려워졌습니다. 그러고 나서 이분이 저를 찾아오셨습니다.

제가 만났을 때 이분은 상처로 인하여 상심이 너무나 큰 상황이었습니다. 남편에게 실망한 것도 있었지만, 그보다도 자신의 꿈이 상실되어 버린 것 같아 슬퍼하였습니다. 오랫동안 간직하여 온 꿈을 잃어버린 것이었지요. 사명감과 꿈으로 그동안 어려움도 역경도 헤쳐 나왔는데 이제 그 꿈이 사라졌으니 몹시 견디기 어려워했습니다.

도망갈 수도 다시 시작할 수도 없는 상황에서 이분은 직장에도 사직서를 쓰고 나왔습니다. 남편과는 별거 중이었는데 이혼을 해야 할지 고민하였습니다. 사실 이분은 남편이 밉지 않았습니다. 남편이 불쌍했다고 하였습니다. 또 남편을 용서하고 싶다고 하였습니다. 이분은 결혼생활도 끝이 나고, 꿈도 잃고, 직장도 잃게 되었지만, 다른 것을 탓하고 싶지 않았습니다. 그저 이 상황도 허락하신 이유가 있을 것이라 생각하였습니다. 저는 이분이 참 강한 분이라는 생각을 했습니다. 이분과 참 많은 이야기를 나누었습니다. 이분의 스토리는 저의 스토리와도 닮아 있었습니다.

남편과의 이혼을 결심하고 서류를 내기까지 이분은 고민하고 또 고민하였지만, 막상 결심하고 나니 이분은 뒤를 돌아보지 않았습니다. 상실을 겪기 싫어서, 어린 시절의 외로움을 다시 경험하고 싶지 않아서 망설이고 또 피하고 싶었을 것입니다. 그러나 직면하고 부딪혀야 해결이 되는 것들이 있기에 이분은 끝내 남편의 곁을 떠나기로 결정하게 된 것입니다. 용서하는 문제는 어쩌면 그다음이었던 것이지요. 이 분은 가장 먼저 자신을 돌봐줄 필요가 있었습니다. 늘 자신보다 옆 사람을 먼저 생각하며 살아왔기에 이번만큼은 누구보다 자신을 생각하라고 말해주었습니다.

꿈도 가정도 잃은 상실 후에는 때로 앞길이 보이지 않습니다. 캄캄합니다. 도대체 무엇을 선택해야 할지 알 수가 없습니다. 결국 내가 했던 선택이었다는 사실이 자신을 더욱 괴롭게 만들기도 합니다. 또 앞날이 두려워 어떤 것을 선택하는 것이 무섭습니다. 당연합니다. 그런데 괜찮습니다. 아무것도 선택하지 않아도 됩니다. 그저 오늘, 이 순간을 살아내면 됩니다. 밥을 먹을지 말지, 잠을 잘지 말지, 그것만 선택해도 됩니다. 그 선택마저 어려운 순간을 살고 있기 때문입니다. 그러다 자신을 위해서 하나를 선택할 기회가 온다면 주저 말고 선택하시길 바랍니다. 누구보다 자신을 먼저 생각하십시오. 일단 먼저는 자신을 돌봐주십시오. 그래도 됩니다.

# 9) 못다 한 애도

## 무너져 내릴 것 같아 애도를 못 합니다

집안의 장남으로서 무게감이 컸던 분이 있었습니다. 이분은 3 남매 중 첫째로, 아버지·어머니의 기대를 온몸에 받고 있었습니다. 그런데 갑자기 사고로 인해 아버지께서 돌아가시게 되었습니다. 장례가 다 끝나고 난 후에도 이분은 눈물을 흘리지 못했습니다. 시간은 그렇게 지나고 지났습니다. 그러나 아버지를 떠나보낸 후 충분히 슬픔을 표현하지 못한 이분은 아버지 생각만 해도 벅차오르는 슬픔을 어찌해야 할지 몰랐습니다. 울음을 삼키고, 울음을 참았던 터라 아버지를 생각하기만 해도 주체할 수 없는 슬픔이 몰려왔습니다.

평소에도 억압의 방어기제를 자주 사용하던 이분이었기에 아버지와의 사별 이후 이분은 자신에게 올라오는 비탄과 슬픔을 무의식적으로 억압하였던 것입니다. 처음에는 이러한 부분을 스스로 인지하거나 깨닫지 못했습니다. 참는 것이 일상이었던 이분은 어쩌면 슬픔을 표현하는 방법을 알지 못했을지도 모르겠습니다. 저는 이분을 상담을 통해 돕고 싶었으나 또 그럴 수 없었습니다. 이분은 자신의 슬픔을 너무나 억압해 왔기 때문에 한 번 감정의 문을 열면 자신이 무너질지도 모른다는 두려움이 있었습니다. 자신을 지키고 보호하는 방법으로 최대한 억압의 방어기제를 사용하고 있었던 것입니다.

이렇게 못다 한 애도는 앞에서 말씀드린 대로 차후에 부적응적 모습을 나타낼 수 있습니다. 부적응적 애도의 모습으로는 분노, 좌절뿐만 아니라 원망과 미움, 그리고 우울의 양상도 포함합니다. 그리고 적응의 시간이 점점 더 걸릴 수 있습니다. 그래서 애도는 보다 적극적으로 그 시간을 가질 필요가 있습니다. 그것은 사별 후 극복의 의미가 아니라 고인이 없는 삶으로의 적응과 새로운 의미를 찾을 수 있도록 하는 데 그 이유가 있습니다. 표현하지 못한 채 억압된 감정은 다른 이에게 다른 모습으로 표현될 수도 있습니다. 그러므로 사별 경험 후에 밀려오는 비탄과 슬픔은 억압하고 눌러야 하는 감정이 아니라 표현되고 표출되어야 하는 감정입니다. 그래서 이야기로 글로 노래나 춤으로든 표현될 수 있어야 합니다.

## 불쌍한 사람

오랜 시간 제 삶에 부정적인 영향을 주었던 대상이 있었습니다. 바로 큰외삼촌이었는데, 외삼촌은 심각한 알콜리즘에 가정폭력 가해자였고 그 당시 삼청교육대를 세 번 들어갔다 나온 사람이었습니다. 저는 저의 유년시절, 학창 시절 내내 외삼촌의 그늘에서 벗어난 적이 없었습니다. 폭력적이었던 삼촌의 무자비함은 언제나 저와 저의 어머니에게도 피해를 주었습니다. 무엇보다도 저의 어머니는 외삼촌을 돌보며 함께 살았기 때문에 저는 삼촌의 모든 파괴적인 행위를 보고 경험하며 살아야 했습니다.

저는 외삼촌이 참으로 미웠습니다. 미움이 분노가 되기도 했습니다. 어린 시절 저는 밤마다 삼촌의 횡포를 견뎌야 했습니다. 삼촌에게 무자비하게 당하고 있는 어머니를 지켜봐야만 했습니다. 삼촌의 변태적 행위와 가정폭력을 말릴 힘이 제게는 없었습니다. 어느 날 한 번은 제가 웃지 않는다는 이유로 삼촌이 제 뺨을 때렸습니다. 그런데 코피가 터졌습니다. 저는 이 사실을 어머니가 아시면 엄마 마음이 아플까 봐 말하지 못했습니다. 결국 어머니가 이 사실을 알게 되셨지만 어머니는 어떤 말도 삼촌에게 하지 못했습니다. 그때 저의 나이는 열두 살이었습니다. 매일 술을 먹고 집안의 물건을 부수고 소리 지르며 폭력을 가했던 외삼촌에게서 벗어나는 것을 바라며 살아왔습니다. 다행히 저는 도시로 올라와 살게 되었고 삼촌과 떨어져 지내게 되었습니다. 그 후로 외삼촌은 알코올 사

  오늘은 울어도 됩니다

용 장애로 인해 알코올 전문병원에 입원하여 그곳에서 생을 마감하게 되었습니다.

외삼촌의 장례식은 참으로 쓸쓸하였습니다. 조문을 하는 사람도, 일을 하는 사람도 없었습니다. 그렇게 처량한 장례식장에서 우두커니 외삼촌의 영정사진을 아무 말 없이 바라보기만 했습니다. 아무런 말도 나오지 않았습니다. '가엾고 불쌍한 인간', '결국… 저렇게 가는구나'. 한 사람의 인생이 저리도 불쌍할 수 있을까 싶었습니다. 저는 그동안의 분노와 미움이 사라지고 있다는 것을 그 순간 느꼈습니다. 이상했습니다. 어쩌면 떨어져 지낸 시간이 있었기 때문이겠지요. 더 이상 부정적 영향과 피해를 주지 않아서 용서의 마음이 들었을지도 모릅니다. 그러나 분명한 것은 한 인간의 처량한 장례식에서 미움이나 원망은 의미가 없다는 것이었습니다.

그렇게 저는 외삼촌을 보냈습니다. 그리고 애도의 시간은 그저 인간의 존재에 대해 생각하고, 삶과 죽음에 대한 통찰의 시간으로 보낼 수 있었습니다. 그동안의 외삼촌에 대한 저의 여러 감정들을 돌아보면서 정리하였습니다. 그러나 그 당시 저는 저의 삶의 이야기 전체는 보지 못했습니다. 같은 해 아버지마저 떠나보내고 난 후에 애도 시간을 지나면서 저를 조금 돌아볼 수 있었지만, 못다 한 애도 시간이었습니다.

용서할 수 없는 대상이 이 세상을 떠나게 되었을 때 우리는 여러 감정을 가지게 됩니다. 저처럼 불쌍한 사람이라는 마음이 커지면서 그동안의 미움과 분노가 사그라지는 것을 경험할 수도 있고,

반대로 그렇게 떠나버린 고인에 대한 미움이 더 커질 수도 있습니다. 살아있는 동안 미움을 해결해 주지 못했던 것에 대해서 더욱 원망하는 마음이 생길 수도 있습니다.

혼자서 이 용서의 마음을 다루는 것은 어려울 수 있습니다. 앞에서도 말씀드렸듯이 용서는 분노 그다음으로 자연스럽게 가져야 하는 단계라 할 수 있습니다. 그래서 혹시나 고인을 떠나보내고 난 뒤 용서하지 못하는 마음에 더욱 괴롭거나 고통 가운데 놓이게 된다고 해도 자신의 마음을 다독여 줄 수 있어야 합니다. 그런 자신을 이해해 줄 필요가 있습니다. 좀 더 자신의 감정을 들여다보고 읽어 줄 수 있어야 하는 시기라는 것을 보여주는 것입니다. 용서할 수 없는 마음도 애도의 과정에서 흐르는 것입니다. 용서가 되지 않는 자신을 이해해 주십시오.

# 10) 또 다른 상실

## 건강을 잃었어요

다니고 있는 직장을 그만두어야 할지 고민이 되어 상담실에 찾아온 분이 있었습니다. 이분은 감각이 매우 발달한 분으로, 특히 심리적으로 스트레스를 받게 되면 몸으로 나타나는 신체화 증상을 가지고 있었습니다. 아무리 생각해도 직장생활을 하면서 자신이 감당할 능력치를 벗어난 것 같다며 일을 좀 쉬기로 마음을 먹었습니다. 왜냐하면 원형탈모가 생겼기 때문이었습니다.

현대인들에게 원형탈모는 흔한 증상 중 하나입니다. 예민한 분들이 정신적으로 압박감을 느낄 때 스트레스 상황에서 찾아오곤 합니다. 탈모는 자가면역질환 중 하나로 보고 있어서 면역체계가 무너지면 우리 몸은 탈모나 피부질환 등으로 반응을 보이게 됩니다. 이분은 처음엔 작았던 원형탈모가 점점 커지게 되고 넓은 범위로 진행되어 너무도 빠른 속도로 머리카락이 전부 빠지게 되었습니다. 이분이 느꼈을 공포와 충격이 얼마나 컸을까요. 그렇게 6개월 만에 완전히 탈모가 되었습니다. 몸의 모든 털이 빠지게 된 것이었습니다. 이분은 탈모 병원 치료도 열심히 받았습니다. 약도 드시면서 상담도 함께 병행하였습니다.

이분은 상담 중에 그동안 자신을 돌보지 못한 것 같아 몸도 망가진 것 같다고 하였습니다. 자신이 얼마나 아픈지, 얼마나 많은 에너지를 쓰고 있는지를 머리카락이 이렇게 다 빠지고 나서야 깨닫게 되었다는 고백을 하였습니다. 몸이 주는 신호를 알아차리고 그에 맞게 자신의 몸과 마음을 돌보는 것이 가장 중요한데 이분은 그것을 놓치고 있었던 것이었습니다. 이분은 쉼이 필요했습니다. 그쉼은 몸과 마음의 쉼이었지요. 저는 이분께 뒷동산을 오르는 쉬운 등산을 먼저 권하였습니다. 그리고 간단한 운동을 하도록 하였습니다. 다행히 이분은 등산을 즐거워하였습니다. 운동의 기쁨도 맛보았습니다. 그러나 순간순간 거울을 볼 때 찾아오는 두려움과 공포에 맞서 싸워야 했습니다. 자기돌봄은 말처럼 쉬운 것이 아니니까요. 계속해서 훈련과 시도가 필요한 것이니까요.

이분을 괴롭힌 것은 다름 아닌 상실이었습니다. 건강을 잃은 상실이었습니다. 그런데 그 이유가 자신에게 있으니 얼마나 후회되고 괴로웠을까요. 매일 거울 속의 자신이 그 증거였지요. 지난날의 실패 증거, 후회스러운 날들의 흔적이었습니다.

                                    오늘은 울어도 됩니다

이분은 상실하게 된 자기 건강의 이유를 알아야 했습니다. 그리고 그런 자신을 직면하여 고통스럽지만 똑똑히 보아야 했습니다. 현재 상실한 것은 건강이었지만 그리고 그 증거로 탈모가 된 모습이었지만 자신이 진짜 상실한 것은 쉼 없이 달려온 자기였고, 그렇게 자기를 돌보지 않고 다른 자기로 살아온 자기였던 것입니다. 상실한 건강이 오히려 잃어버린 진짜 자기를 찾도록 도와주었다고 볼 수 있습니다. 이 사실을 깨닫게 되자 이분은 점점 진짜 자기를 찾고자 하였습니다. 또 노력하고 시도하였습니다.

그리고 충분한 쉼을 갖기로 하였습니다. 또한 쉼을 가져도 죄책감을 가지지 않기로 노력하였습니다. 쉼 자체를 충만하고 충분하게 누리는 법을 배워가는 것이지요. 잃게 된 건강을 다시 회복하기까지는 시간이 걸린다는 것도 인지하면서 하나하나 천천히 운동과 식이조절도 병행해 갔습니다.

이분은 기독교 신앙심이 깊은 분이었습니다. 진로를 결정할 때나 어떤 일에서든 하나님께 물으며 확신을 갖고 살아왔습니다. 그렇게 시작한 직장에서 정말 열심히 일하셨구요. 그런데 한 가지 이해와 헤아림이 필요했습니다. 상담 중에 이분의 중요한 인생 이야기를 나누게 되었습니다. 바로 아버지와의 관계입니다. 아버지는 엄한 분이셨고, 자기 기준이 분명하신 분이셨지요. 그러다 보니 딸에게도 그 기준을 적용하셨습니다. 아버지가 바라는 딸이 되어야 했습니다. 아버지 기준에는 늘 미달이었습니다. 살아오면서 아버지로부터 지지나 따뜻한 격려를 받지 못했습니다. 그보다는 아버지가 정해놓은 기준과 범위 안에서 벗어나지 않고 살아야 했습니다.

그 아버지와 하나님과 연결이 되면서 이분에게는 하나님도 아버지처럼 기준이 엄격하신 분으로 인식이 되어있었습니다. 그래서 이미 길을 정해놓고 그리 가지 않으면 혼을 내는 분으로 말입니다. 수평적인 아버지와의 관계가 수직적인 하나님과의 관계에 영향을 미치고 있었던 것입니다. 이러한 연결점을 볼 수 있도록 도왔습니다. 그리고 다행히 이분은 그것을 볼 수 있게 되었고 그 속에서 자기 정체감이 만들어져 왔음을 깨닫게 되었습니다. 이분은 조금씩 신앙 안에서도 자유를 느끼게 되었습니다. 뜻대로 살지 않으면 혼내고 야단치는 하나님이 아니라 인격적이고 다정하고 따뜻한 하나님을 알게 된 것이지요. 그래서 이분은 그 사랑 안에서 진정으로 쉴 수 있었습니다. 그동안은 절대로 쉴 수 없었던 것이지요.

우리는 당연하게 누리는 것들의 상실을 경험할 때 적지 않게 충격을 받게 됩니다. 특히 건강할 때는 중요성을 잘 모르다가 한번 건강을 잃게 되면 그때부터는 시간이 멈추고 세상이 전혀 다르게 보입니다. 실제 건강에 생물학적으로 문제가 생길 수도 있고, 아니면 정신적 스트레스나 심리적 문제로 몸의 건강을 잃기도 합니다. 우리의 몸과 마음은 연결되어 있기에 어느 한쪽이 무너지면 전체가 힘을 잃게 됩니다. 그때 우리는 상실을 경험하게 됩니다.

치료가 가능하고 나을 수 있는 질병이라면 다행이지만 치료가



오늘은 울어도 됩니다

불확실하거나 죽을 수도 있다는 공포는 우리의 시간을 멈추게 만듭니다. 또 다른 삶이 시작된 것과 같습니다. 일상은 달라졌으나 또 똑같이 살아가는 것. 그런 삶이 시작된 것이라 할 수 있습니다. 그래서 건강을 상실하게 되었을 때도 저는 짧든 길든 애도의 시간이 필요하다고 봅니다. 그래야 애도 이후 자신을 돌보면서 앞으로의 삶을 보다 의미 있게 살아가도록 할 수 있는 것이니까요. 그리고 혹 주변에 이렇게 건강을 잃은 분들은 돌봄과 도움이 필요합니다. 실제적이고 구체적인 도움이 필요한 상황이기 때문에 적절하고 민감하게 도움을 줄 수 있는 공동체와 가족들의 역할이 매우 중요하다고 봅니다.

## 친구를 잃었습니다

저는 학창 시절 2명의 친구를 잃었습니다. 1명은 스스로 목숨을 끊어 안타까운 죽음으로, 또 한 친구는 살아있는지 어디 있는지 알 수 없는 실종으로 상실을 겪어야 했습니다.

중학생인 저희는 꿈 많은 소녀였지요. 친구는 초등학교 때부터 저와 친하게 지낸 미술천재였습니다. 저는 이 친구를 따라 5, 6학년 2년 동안 미술부에서 활동을 했습니다. 저는 그림 그리는 것을 참 좋아했지만 실은 친구와 함께 그림 그리는 것이 더 좋았습니다. 이 친구는 그림을 참 잘 그렸습니다. 그런 친구가 참으로 대단

하기도 하고 부럽기도 하였지요. 시간이 흘러 저희는 중학교에 진학을 하고 친구는 앞으로의 진로를 벌써부터 걱정을 하였었습니다. 친구는 미대를 가고 싶어 하였고 그러기 위해 예술고등학교를 가고 싶어 했습니다. 그도 그럴 것이 친구는 실력이 있었으니까요. 그러나 친구네 집이 몹시 가난하였습니다. 가난한 신발가게에서 여러 형제자매들이 줄줄이 있는데 친구를 예고에 보내기는 하늘의 별 따기였을 것입니다. 친구가 고민할 수밖에 없었을 것입니다.

친구는 언제나 말이 없고 조용했습니다. 제가 웃겨주고 까불거리면 조용히 미소 짓던 모습이 아직도 생각납니다. 그날도 우리는 하교 후 읍내 책방에 가서 참고서를 보고는 여느 때와 같이 헤어졌습니다. 그런데 그다음 날 저는 친구의 죽음 소식을 들었습니다. 믿기지가 않았습니다. 중학생 저에겐 받아들이기 어려운 죽음이었습니다. '어제까지 함께 이야기했는데, 아무 말도 없었는데, 어떻게 이런 일이 있을 수 있지'. 저는 충격과 허망함으로 아무 말을 할 수가 없었습니다. 슬픔을 느끼지 못했습니다. 학교는 너무도 조용했습니다. 저도 너무나 조용해졌습니다. 어느 누구도 위로하거나 위로를 받지 못했습니다. 그리고 며칠 후 저에게 편지가 한 통 왔습니다. 그 친구가 마지막으로 제게 보낸 편지였습니다. "나는 꿈을 이룰 수 없지만, 혜진아 너는 꿈을 꼭 이루길.". 그제야 저는 그 친구가 너무 보고 싶었습니다. 그렇게 떠난 친구가 원망스럽기도 했습니다. '그냥 살지, 살아보면 되지. 왜 떠나… 바보'. 스스로 떠난 친구의 목숨이 너무 아까웠습니다.

   오늘은 울어도 됩니다

그 후로 저는 그림을 그리지 않았습니다. 붓을 드는 것도, 스케치 연필을 드는 것도 할 수 없었습니다. 제 마음 깊은 곳에 꾹 넣어두고 쳐다보지 않았습니다. 그 후로 30년이 지난 즈음 저는 이 친구의 이름을 부를 수 있었습니다. 꺼내지 않고 숨겨두었던 친구의 이름을, 너무 아플까 봐 애도하지 못했던, 친구를 잃은 저의 슬픔을 마주하였습니다. 그리고 떠난 친구에게 처음으로 이야기하였습니다. "○○야, 미안해. 너 그렇게 아픈 동안 그것도 몰라주고 너 홀로 외롭게 해서 미안했어. 네가 그렇게 떠나서 난 너무도 허망했어. 너랑 같이 꿈꾸고 싶었는데 네가 가버려서 나도 어찌해야 좋을지 몰랐었어. 이제야 너의 이름을 불러본다. 친구야…".

지금은 친구를 떠올리면 안타까운 죽음이란 생각에 마음이 아프고 못다 한 친구의 삶과 꿈이 너무나 아쉽습니다. 그리고 그 당시 곁에서 친구의 아픔을 몰라준 것에 대해 미안함이 컸었는데 지금은 미안함보다 그리움이 더 큽니다. 그러나 저는 친구의 바람대로 저의 꿈을 이루며 살고 싶은 마음입니다. 그렇게 살고 있는 저를 하늘나라에서 친구가 응원하고 있을 것을 믿습니다.

다른 한 친구는 시골 교회에 함께 다녔던 친구였습니다. 키가 작고 귀여웠던 친구였지요. 웃는 모습이 너무도 예쁘고 늘 밝았던 친구였습니다. 고등학교 시절 내내 우리는 만나지 않는 날이 없을 정도였습니다. 친구네는 통닭집을 하였는데 저는 친구 집에서 튀겨주는 통닭이 가장 맛나고 좋았습니다. 그런데 친구는 자기 집이

닭집을 하는 것을 좋아하지 않았습니다.

친구는 자매들이 있었습니다. 언니도 동생들도 있었지요. 기억하기로는 막내가 남동생이었고 친구는 그중 둘째 딸이었습니다. 우리는 목련보다 찬란한 고등학교 낭랑 18세를 지나 대학입시를 치렀습니다. 그리고 각자 대학에 진학을 하였습니다. 친구와 다른 대학을 가게 되어 우린 자주 만나지 못했습니다. 그 시절엔 스마트폰도, 삐삐도 없던 터라 친구와 연락을 하기가 쉽지 않았습니다. 그런데 어느 날 친구가 병원에 입원했다는 소식을 듣게 되어 몇몇 친구와 병문안을 갔었습니다. 급성충수염으로 수술하고 입원했다는 이야기를 들으며 우린 그나마 건강한 친구의 얼굴을 보고 여느 때와 같이 재잘재잘 수다를 떨며 각자 다니는 대학 이야기를 했습니다. 그리고 얼마 뒤 친구의 소식이 끊겼습니다.

친구의 가족은 친구가 스스로 집을 나갔다고 했습니다. 우리는 친구가 납치를 당한 건지, 아니면 사고를 당한 건지 알 수 없었습니다. 친구의 가족은 실종 신고를 하지 않았습니다. 대학 입학 후 적응을 하지 못했던 친구가 가출했다고 믿고 있었습니다. 저는 친구를 찾으려 수소문해 보았지만 찾을 수 없었습니다. 오랜 시간이 지난 지금까지도 이 친구의 소식이 너무나 궁금합니다. 살아만 있다면 꼭 만나고 싶습니다. 어디에 있는지, 살아있기는 한 건지, 혹시 사고가 난 것은 아닌지… 친구 생각을 하면 아득해집니다.

이런 상실을 알 수 없는 상실이라고 합니다. 이것도 상실의 한 종류이지요. 친구를 잃은 것이니까요. 원인을 알 수 없으나 그 시절의 친구를 잃은 것은 사실입니다. 또한 지금까지 행방을 알 수 없으니 미해결된 상실이라고 할 수 있습니다. 이 친구와의 관계에서 저는, 그 당시 대학교 1학년 그 봄에 머물러 있습니다. 친구가 그렇게 사라진 그 봄은 우울하고, 친구를 마지막으로 봤던 그 병원 기억을 끝으로 시간이 멈춰있습니다. 저는 오직 그 마음뿐입니다. 친구가 살아있다면 꼭 그 친구를 만나고 싶습니다. 생사라도 확인하고 싶습니다.

# 오늘, 비

유혜진

누군가의
울음 같다


가물었던 농지에
반가웠던 비였지만
며칠 내 계속되니
농부는 다시 운다


통곡소리
두 손으로 입 틀어막고
가슴 쥐어짜던
울음 같다


해서
멈추지 말라고
해서
울어도 된다고
내리는 비를 다독인다




오늘은 울어도 됩니다

# 은퇴를 앞두고

한 직장을 오래 다니시다가 은퇴를 앞두고 상담실에서 만난 분이 계셨습니다. 이제 1년 뒤에 퇴직을 앞두고 있다 보니 여러 생각이 드신다고 하셨습니다. 그런데 이분의 마음을 더 슬프게 만드는 것이 있었습니다. 막상 퇴직을 하려고 하니 가족들이 보인다는 것이지요. 열심히 살아온 것 같은데 곁에는 아무도 없다는 것을 깨닫게 되셨다는 것입니다.

아들, 딸 모두 성인이 되었지만 왠지 관계가 어색하고 단절된 것 같다는 것이었습니다. 그런데 이제 직장에서도 나와야 하니 갈 곳이 없다는 생각과 함께 그동안 무엇을 위해 살아왔나 하는 회의감이 든다고 하셨습니다. 갑자기 외로움이 밀려오기도 하고, 불안하기도 하고, 그러다 잠을 잘 이루지 못한 채 한숨만 나온다 하셨습니다. 이분의 외로움은 아마도 자녀와의 관계에서 무언가를 잃어버린 것 같은 상실감 때문이었을 것입니다. 아버지로서 이분은 하루도 쉬지 않고 정말 성실하게 일해오셨습니다. 밤낮없이 일한 목적이 무엇이었을까요. 가족들을 위한 마음, 오직 그뿐이었을 것입니다. 그동안 자녀들은 훌쩍 커버린 것이지요. 앞만 보고 달려왔는데 자녀들은 저만치 가있었겠지요. 아들과 친밀하고 싶었는데 왠지 아들과 멀어져 있었고, 딸은 벌써부터 자신의 인생을 살아내느라 집을 떠난 지 오래였습니다. 아내와의 관계가 좋지 않아서 자신은 집에서 혼자가 되어버린 것 같았습니다.

이분은 할 수만 있다면 시간을 되돌리고 싶다고 하셨습니다. 언제로 되돌리고 싶은지에 대한 저의 질문에 한참을 생각에 잠기시더니 "큰아이가 태어났을 때로 가고 싶네요."라고 눈물을 글썽이며 말씀하셨습니다. "그때로 가시면 어떻게 하실 것 같으세요?", 제가 다시 물었습니다. "아이를 많이 더 많이 봐주고 싶습니다. 얼굴도 한 번 더 보고, 이름도 한 번 더 불러주고, 한 번이라도 더 안아주고 싶어요.".

이분의 후회가 얼마나 가슴이 아팠는지 모릅니다. 우리는 지나고 나서 늘 후회를 합니다. 사실 후회가 없는 인생이 어디 있을까요. 아마 한 사람도 없을 것입니다. 후회를 머금고 앞날을 좀 더 적게 후회하려고 노력하며 살아가는 것이지요. 너무 많은 시간이 지나버린 것 같아서, 이제는 되돌릴 수 없을 것 같아서 우리는 가슴을 치며 통곡하고 주저앉습니다. 이분이 상실한 것은 무엇이었을까요?

그 오랜 시간 이분은 가족을 위해 살아왔는데, 결국 자신의 곁에 아무도 없다는 것을 알게 되었을 때 얼마나 슬프고 외로웠을까요. 모든 것이 의미가 없어 보일 것입니다. 이분은 은퇴를 앞두고 자신의 일도 잃게 되는 것의 상실감과 더불어 가족과의 단절이 주는 관계의 상실감도 있었을 것입니다. 그 두 가지는 지금껏 자신의 삶을 지탱해 온 버팀목이었을 텐데 현재 자신에게 이 두 가지가 상실된 것이니 이분은 당연히 삶에 대한 의욕도 의미도 잃은 것 같았을 것입니다.

중년의 나이가 되고 자녀들이 성인이 되어 독립을 하고 나면 찾아오는 외로움이 있습니다. 그것은 상실감이기도 합니다. 제가 이러한 상실에 대해서도 말씀드리는 것은 우리에게는 은퇴를 앞두고 있거나 자녀들이 출가하고 난 후에 얼마든지 상실감이 들 수도 있기 때문입니다. 최선을 다해 살아온 시간만큼, 열정과 성실을 다해 일해온 만큼 우리는 상실감으로 슬퍼할 수 있다는 이야기를 해 드리고 싶습니다.

그리고 한 가지 더 있다면, 삶이 아직 끝나지 않았다는 것도 말씀드리고 싶습니다. 그 말은 곧 아직 기회는 있다는 것이지요. 관계를 회복할 기회도, 다시 가까워질 기회도, 용서를 구할 기회도, 미안하다 사과할 기회도, 사랑한다 말할 기회도 아직 있는 것입니다.

# 지금 하세요

유혜진

오늘은 울어도 됩니다

내일이면
늦을지도 모릅니다
내일이면 훌쩍
떠나버릴지도 모릅니다


해야 할 이야기가 있다면
나눠야 할 사랑이 있다면
갚아야 할 은혜가 있다면
지금 하세요


시간은 화살과도 같고
세월은 바람과도 같아
당신의 마음을
기다려 주지 않을 거예요



오늘은 울어도 됩니다

사랑한다고

고맙다고

미안하다고

가장 진실한 영혼의 고백을

지금 하세요

# 애도···
# 슬픔을 노래하다

# 1) 충분히 애도하세요

저는 책의 앞 장에서 여러 상실을 경험한 분들의 이야기를 나누었습니다. 상실을 겪고 난 후 밀려오는 슬픔은 자연스런 감정적 표현입니다. 이렇게 슬픔을 표현하는 데 있어서 우리는 건강한 방법으로 표현할 수도 있고 또는 그 반대로 건강하지 못한 방법으로 표현할 수도 있습니다. 건강한 방법으로 표현하는 것은 회복에의 기반을 마련해 주지만 건강하지 못한 방법, 즉 파괴적으로 표현하게 되면 감당하기 어려운 현실을 겪어내야 할 수도 있습니다. 또는 타인과 자신에게 더 큰 상처를 줄 수 있습니다.

특히 죽음으로 인한 상실을 겪게 되면 여러 정서적, 심리적 반응을 나타내는데 그것을 비탄이라고 할 수 있습니다. 이런 반응에는 무감각이나 충격, 분노와 절망, 슬픔을 비롯한 혼란, 죄책감 등이 있습니다. 이로 인해 행동에도 여러 변화를 나타낼 수 있습니다.



오늘은 울어도 됩니다

감정적, 심리적, 신체적, 행동적인 반응을 보이는 것이 당연합니다. 이는 상실, 특히 사별 상실을 경험한 누구나가 겪는 정상반응입니다. 다시 말해 정상적인 애도 반응이자 애도 과정입니다.

그러나 정상적인 애도 반응이 아닌 복잡한 애도 반응을 보이는 경우도 있습니다. 이런 경우는 슬픔이 지연되거나, 오랜 기간 슬픔을 경험하거나, 과장된 슬픔과 위장된 슬픔의 반응을 말합니다.[3] 이런 반응으로 인해 일상적인 삶에 어려움을 갖게 된다면 그것을 복잡한 애도 반응이라고 할 수 있습니다. 이런 기간이 길어진다면 전문적인 상담과 치료의 개입이 필요할 수 있습니다.

앞에서도 이야기했듯이 상실에는 그 종류가 다양하고, 인간의 발달 단계나 연령에 따라 상실 후 애도 반응이 달라질 수 있습니다. 상실 후 애도는 개인적이며 다양하고 그 시기와 형태가 다르다는 것을 말씀드리고 싶습니다. 즉 자신만의 고유한 방법으로 상실을 맞아들이게 되고 자기만의 슬픔을 가지고 표현하게 됩니다.

워든(William Worden)은 애도의 기간에 대해 말하면서, ‘애도가 끝나는 것은 사람들이 삶에 대해서 다시 관심을 갖고, 희망을 얻으며, 감사를 경험하고, 자신의 새로운 역할에 적응할 때’라고 말합니다. 즉 애도 기간은 자신의 감정을 잘 인지하고 있을 때 애도가 끝나는 시점이 언제인지도 스스로 알 수 있습니다.

---

3    윤득형, 「애도상담의 기본원리와 목회적 접근」에서 발췌.

# 2) 장례식 이야기

알렌 휴 콜(Allan Huge Cole)은 사별을 겪은 이들을 위한 슬픔 치유의 전략들을 제시하면서 "장례와 추모의례의 가치를 인식하고 적극 참여하라."고 말합니다. 콜이 말하는 장례의 기능은 크게 두 가지가 있는데 첫째, 장례식은 돌아가신 분의 몸의 현존을 보게 하여 죽음을 공식화하는 기능이 있다는 것입니다. 사별 유가족들은 염습이나 입관식을 통해 고인의 몸을 볼 수 있는 기회를 갖고 죽음을 현실화하도록 도움을 받게 됩니다. 이 또한 장례식에서 진행되는 의례입니다. 둘째, 장례식은 가족과 친지들, 가까운 친구들과 지인들과 함께 상실을 공유할 수 있는 시간이 됩니다. 이 시간을 통해 고인에 대한 좋은 추억들을 이야기하며 서로의 감정을 나누고 위로를 전할 수 있게 됩니다.[4]

---

4  윤득형, 「의례를 통해 본 사별슬픔 치유와 목회돌봄 - 여성의례를 중심으로」.



오늘은 울어도 됩니다

호그(David A. Hogue)는 장례식은 고인의 삶을 기리고, 사별자들을 위로하며, 애도의 과정을 잘 겪도록 돕는다고 말합니다.[5] 그러므로 장례식은 할 수만 있다면 고인의 삶의 가치를 기리고 사별한 유족의 슬픔을 표현할 수 있도록 기회를 충분히 제공하는 애도의 공간이 되어야 할 것입니다.

장례식만으로는 슬픔을 표현하고 위로할 수 있는 시간이 되기에는 턱없이 부족합니다. 아직 우리나라 문화에서는 드물긴 하지만 장례를 치른 후 구체적인 돌봄이 요구됩니다. 장례를 치를 때의 유가족은 충격에서 벗어나지 못하여 혼란스러운 상태이고 조문을 오는 조문객 맞이로 인하여 매우 피로한 상태입니다. 그러므로 사실 더 중요한 시기는 모든 장례 일정이 끝난 후입니다. 그때부터 애도 과정이 비로소 시작된다고 볼 수 있습니다.

사별슬픔 치유와 목회돌봄 연구를 하고 있는 윤득형 소장은 장례의 절차가 끝나고 비탄의 과정이 지나 일상의 삶이 시작되면 사별자들의 마음은 더 혼란스럽다고 말하고 있습니다. 유족들은 자신이 서야 할 곳을 발견하지도 못한 채 방황을 거듭하며 깊은 슬픔과 싸우고 있는 것입니다. 진심으로 위로를 건네지 않는 이들로 인해 상처를 받고 점점 사람들과의 만남을 회피하게 됩니다.

저 또한 어머니의 장례를 치른 후 주변 사람들의 무관심으로 인하여 마음이 참 힘들었습니다. 사별을 경험하고 정서적으로도

---

5    윤득형, 「의례를 통해 본 사별슬픔 치유와 목회돌봄 - 여성의례를 중심으로」.

기대고 돌봄을 받고 싶은 마음이었는데 어느 누구도 저를 돌보거나 저의 상실의 슬픔에 관심이 없는 모습으로 인해 저는 적잖게 상처가 되었습니다. 물론 자신의 문제가 아니면 언제나 타인의 아픔은 잊히기 마련이고 그 또한 어쩔 수 없다는 것을 어느 정도 이해하였지만, 감정적으로 실망하고 상처가 되는 것은 어쩔 수 없었습니다. 그리고 그 상처는 생각보다 오래 지속되었습니다.

힘든 장례식을 끝내고 나면 상실을 겪은 이들은 그때부터 신체적인 돌봄과 정서적 관심이 필요합니다. 그러므로 내버려 두지 마시길 부탁드립니다. 우리는 누구나 상실을 경험할 수 있으며 또 누구나 상실을 경험한 이들 곁에 위로자로 서있을 수 있습니다.

# 3) 애도의 시간이 필요합니다

우리가 상실을 경험했을 때 이러한 상실을 그대로 겪어나가는 모든 과정을 애도라고 합니다. 애도는 바람직한 것이며, 할 수만 있다면 우리는 건강한 애도를 지향합니다. 제가 계속 말씀드리고 있듯이 모든 상실에는 애도가 필요합니다.

고 이어령 교수는 사랑하는 딸을 먼저 떠나보내고 난 후 상실의 아픔을 글로 표현하였습니다. 그의 시에는 사랑하는 딸을 먼저 보내고 아버지로서 얼마나 딸이 그립고, 보고 싶은지를 보여주고 있습니다. 그 시의 한 대목에 이런 표현이 있습니다.

"어디에나 있고 또 어디에도 없는 당신 … 다만 오늘 하루만 당신을 생각하며 울게 하소서"(이어령의 시, 「오늘만 울게 하소서」 중에서)

'어디에나 있고 또 어디에도 없는 당신'이란 시구가 저의 마음에 오래 남습니다. 우리가 소중한 대상을 잃고 나면 그 대상은 어디에나 존재합니다. 그러나 또 어디에도 없습니다. 상실의 아픔과 애도의 시간은 바로 그러한 시간입니다. 그리움을 간직한 채 그 존재가 없는 현실을 받아들이고 살아내야 하는 시간 말입니다. 그래서 저도 저의 하나님께 '오늘, 이 오늘을 살아내야 하니… 딱 하루만 울겠습니다… 내일은 울지 않겠으니 오늘 딱 하루만 더 울게 하소서'라고 기도했습니다.

상담실에서 만난 분들 중에 기독교 신앙을 가진 분들은 죽음 이후 내세에 대한 소망이 상실의 슬픔과 회복에 많은 도움이 되었습니다. 소중한 대상이 이 세상에서 고생과 고통이 끝이 나고 안식의 세계로 돌아갔다는 믿음은 그들을 다시 만날 희망을 주었습니다. 언젠가 다시 만난다는 믿음은 힘든 오늘을 살게 할 새로운 힘과 동기가 되어줍니다. 그럼에도 불구하고 장례식은 모순적이고 이중적이며 소망이 있어 웃지만, 결코 또 웃을 수 없는 눈물의 장입니다. 슬픔의 현장입니다. 그런데 그 슬픔이, 그 모순적이고 잔인한 눈물이 당연한 것입니다.

저의 짧은 소견과 경험으로 어찌 다 슬픔을 논하며 모든 애도를 이야기할 수 있을까요. 상실의 모습이 각각 다르듯이 애도의 모습 또한 각각 다르기에 어느 누구도 같은 슬픔은 없습니다. 그래서 나의 경험으로 다른 사람의 경험을 판단할 수 없습니다. 상실의 크기도 나눌 수 없습니다. 슬픔의 무게와 경중도 구분할 수 없습니다. 나의 슬픔이 너의 슬픔보다 크다고 말할 수 없습니다.

　그러므로 우리는 누군가가 상실을 겪게 되었을 때 자신의 아픔을 빗대어 다른 이에게 충고할 수 없습니다. 또는 판단해서도 안 됩니다. 회복을 재촉하거나 극복하기를 권유해서도 안 됩니다. 저마다의 시간에 저마다의 모습으로 애도하고, 상실의 슬픔은 극복하는 것이 아니라 달라진 세상에 적응하는 것이기 때문입니다.

　상실 후 회복에 도움을 주는 것은 무엇이 있을까요? 어떤 요인들이 회복에 긍정적인 영향을 줄 수 있을까요? 여러 가지가 있겠지만 몇 가지 말씀드리고 싶습니다. 먼저는 남은 가족과 공동체입니다. 다시 말하면 곁에서 힘이 되어주는 사람들인 것이지요. 곁에 있는 가족들의 함께함과 돌봄은 사별과 상실을 겪은 분들에게 큰 힘이 됩니다. 또한 공동체의 관심과 구체적인 돌봄, 필요를 채워주는 섬김은 상실 회복의 매우 긍정적인 요인이 됩니다. 특히 교회공동체나 예배, 소모임 등을 통해 애도 기간을 건강하게 지나도록 도움을 받았다는 연구결과가 있습니다.

　두 번째는 앞에서도 말씀드린 의례, 의식 등을 통한 연결됨입니다. 추모식을 비롯한 추도예배, 촛불의식, 묘지방문, 기념일 챙기기, 의미 있는 장소 방문을 통한 공간 재배치는 상실 후에 건강한 적응과 회복에 도움을 줍니다. 사별 대상과의 분리가 아닌 연결이 회복에 긍정적 영향을 주기 때문입니다.

　세 번째는 있는 그대로 감정을 표현하는 것입니다. 슬픔과 눈물, 아픔을 비롯한 여러 감정과 마음을 표현할 수 있는 대상이 있다면 좋습니다. 또는 사별 대상에게 편지를 쓰는 것과 녹음을 하는 등의 이야기하기, 사진첩을 정리하는 등의 기억해 보기 등도 도움이 됩니다. 저와 같은 애도상담가를 만날 수 있다면 상담 만남을 갖고 함께 애도여행을 하는 것도 회복에 긍정적 영향을 줄 수 있습니다. 어떤 식으로든 안전한 대상과 공간에서 자신의 감정을 표현할 수 있는 것이 충분한 애도입니다.

저는 사실, 애도를 잘하지 못했습니다. 그 긴 터널을 지나왔기에 이 자리에서 이렇게 애도에 관한 글을 쓰고 있는 것입니다. 처음 상실의 슬픔을 경험했던 친구의 죽음 후에도 그러했고, 몇 해 전 어머니의 죽음 이후에도 그랬습니다. 어머니 장례식 그리고 그 후에 제게 남겨진 어머니 유품은 단 하나였습니다. 어머니가 요양원에 오래 머무셨을 때 제가 사드렸던 손바닥만 한 라디오 하나가 전부였습니다. 가여운 사람, 가난한 여인. 그 라디오는 전쟁의 상흔 같아서 버리지도 못하고 제대로 간직하지도 못한 채, 제 가슴 어딘가에 머물러 있었습니다. 그 라디오는 그 당시 저의 마음 같았습니다. 제대로 이별이 잘되지 않았던. 어디에나 있는데 어디에도 없는 존재, 엄마. 떠나보내지도 못하고 붙들고만 있는 존재, 엄마.

그런 존재인 엄마를 떠나보내는 작업을 하면서 저는 다른 사람들의 애도를 볼 수 있었습니다. 저처럼 슬퍼하지도 못한 채 시간을 약으로 삼는 이들이 많다는 것을 알게 되었습니다. 흐르는 강물에 신발 한 짝이 떠내려가도 우리는 속상해하고 발을 동동 구르며 주저앉아 웁니다. 그것도 애도입니다. 신발 한 짝을 상실한 나를 위



오늘은 울어도 됩니다

한 시간인 것입니다. 그러니 나를 돌보는 마음으로 애도의 시간을 가지시길 바랍니다. 꽃이 지고, 잎이 마르고, 시간은 그렇게 또 지나 아픈 기억은 흐려질 수 있지만, 상실의 슬픔은 가슴 속 깊이 남아 나를 흔들어 놓고 나를 벼랑 끝에 세우기도 합니다. 그러기에 그런 나에게 여행을 보내주십시오. 애도여행을 떠나게 해주십시오. 여행 후 돌아와 일상을 더 의미 있게 살아갈 수 있도록, 그리움을 간직하지만 일상에 적응해 갈 수 있도록 애도 시간을 허락해 주십시오.

# 4) 한 번 더 안아주세요

아버지와 사별 후 눈물을 꾹 참았던 제자가 있습니다. 한국 사회는 남자가 우는 것을 견디지 못하는 것 같습니다. 그래서인지 이 제자도 생업과 자녀양육으로 인해 울 수 있는 시간조차 낼 수 없었습니다. 사별 슬픔 후 애도를 잘하지 못했습니다. 그래도 참 씩씩하게 살아내고 있는 것을 봅니다. 속으로는 많이 아프고, 울었겠지요. 그래서 저는 그 제자를 보고 있노라면 마음이 아픕니다. 애쓰고 있는 모습이 안쓰럽습니다.

때로는 이렇게 애도의 시간조차 버거운 분들도 있습니다. 생업에 너무 바쁘기도 하구요. 가정을 돌봐야 하고요. 자신의 감정을 이해하고 표현하며 애도 작업을 하는 것이 여의치 않습니다. 그런 분들을 어떻게 하면 도울 수 있을까 많이 고민하며 이 글을 씁니다. 한편으로는 애도의 필요성을 알기 어려운 분들에겐 도움이 되지 않을 수도 있고, 앞의 제자처럼 애도를 생각조차 할 수 없는 여건이라면 그저 시간을 흘려보내야 할지도 모릅니다. 저의 경우처럼 오랜 시간이 지난 후에 슬픈 자기를 마주할 날이 올지도 모릅니다. 할 수만 있다면 상실의 슬픔을 경험한 분들 곁에는 따뜻한 위로자가 한 분이라도 있기를 바랍니다. 저는 이 순간에도 그런 분들을 기대하고 있습니다. 우는 자 곁에서 함께 손잡아 줄 수 있는 위로자, 우는 자와 함께 울 수 있는 분들이 많아지면 좋겠습니다. 또 우리의 공동체가 그런 따뜻한 돌봄 공동체가 되면 좋겠습니다.

여전히 진도의 팽목항에는 슬픔의 노래가 있습니다. 자녀를 잃은 부모님들의 아픔이 바다 깊은 곳에서부터 올라와 우리에게로 흘러 흘러 옵니다. 그 어떤 곳으로도 위로가 될 수 없습니다. 이태원의 골목길에도 슬픔의 노래가 흐릅니다. 친구를 잃고, 자녀를 잃고, 동료를 잃은 분들의 눈물은 하루하루 마를 날이 없습니다. 생존한 분들은 살아있으나 삶의 한쪽을 잃어버렸기에 트라우마와 상실감에 고통스러워합니다.

저는 이 책이 상실을 겪은 분들의 아픔에 공감할 수 있기를 간절히 기도합니다. 눈물로 밤을 지새우는 슬픔에 그저 함께 우는 것밖에 할 수 없을지라도 함께하고 있다는 것을 말해주고 싶습니다. 힘겹게 애도의 시간을 지나는 분들에게 그 시간은 당연한 것이라고 격려해 드리고 싶습니다. 그래서 길고 긴 터널을 지나 조금씩 삶에 적응해 가실 때 착한 동무처럼 끝까지 함께 하고픈 마음입니다.

당신 혼자가 아닙니다. 당신 잘못이 아닙니다. 오늘은 울어도 됩니다. 당신과 함께 울겠습니다.

오늘은 울어도 됩니다

 오늘은 울어도 됩니다

2022년 논문을 쓰면서부터 저는 상실과 애도에 관한 첫 번째 책을 쓰고 싶었습니다. 그저 눈물 많은 저의 삶 속에서 그 일은 어쩌면 숙명 같은 일이었는지도 모릅니다. 3년 전 어머니를 하늘로 보낸 뒤 지금까지 저는 언제나 그리움이란 색깔을 마음에 가득 칠해놓고 사는 것 같습니다. 미안함이 커서 그러겠지요. 그래서 저는 이 책을 다 쓰고 난 후 어머니 생각이 많이 났습니다. 그 이유는 제게 상실의 아픔과 애도의 시간에 대해 일깨워 주신 분이기 때문입니다.

무엇보다도 이 책 속에서 애도 이야기를 나눠주신 분들께 깊은 감사의 마음을 전합니다. 상담자로서 이분들을 만난 것은 제게 감사였습니다. 한 분 한 분 귀하고 소중합니다. 아프고 힘든 이야기를 이 책에 나눌 수 있도록 허락해 주신 것도 감사드립니다.

상실 이후 우리는 각자만의 애도의 터널을 지났습니다. 또한 아직 끝나지 않은 인생이기에 우리는 앞으로 상실을 계속 겪을 것입니다. 언제든 우리는 이 세상을 떠날 수 있고 이 땅에서의 삶은 끝이 있기 때문입니다.

저는 상실과 애도로 사람들과 만나면서 배우고 깨달은 것이 참으로 많습니다. 죽음을 인식하면 삶에 대해 깨우치게 됩니다. 죽음 앞에 섰을 때 비로소 보이는 것들이 있습니다. 인간의 유한함을 깨닫고, 인생의 한계를 깨닫게 됩니다. 그러니 작은 것들에 대해 고마워집니다. 살아 숨 쉬는 순간들이 소중해집니다. 지금 여기, 내 앞에 있는 사람들이 소중하다는 것을 알게 됩니다. 그리고 우주의 중심인 것 같던 인간의 존재가 먼지보다 작아져 겸손해집니다.

그러기에 상실과 죽음은 오히려 삶의 스승입니다.

저는 여전히 또 앞으로도 계속 애도의 터널을 지나는 분들과 같이 걷고, 같이 울고, 같이 돕는 일을 할 것입니다. 제가 상실을 통해 배운 것 하나가 바로 남아있는 이는 떠난 이의 못다 한 삶을 살아가는 것이기에… 누군가의 의미가 되어 불을 밝히고 회복하는 일을 하려고 합니다.

저의 소중한 가족이 있기에 이 일이 가능합니다. 특별히 한국 애도상담협회 이사님들과 회원분들 모두 감사합니다. 이 책을 쓰는 저를 응원해 주시고 기도해 주신 분들께도 고마움을 전합니다.

소중한 당신과 함께 있으니 고마움이 두 배입니다. 이다음 글에서 또 다른 이야기로 뵙겠습니다. 평안을 드리며.

- 김순례. (2019). 성인여성의 청소년기 아버지 사별경험에 관한 내러티브 탐구. 단국대학교 대학원 박사학위논문.

- 곽현정. (2014). 부와의 사별로 인한 PTSD의 중년 여성의 사례, 모래놀이치료연구, 10(1), 109-152.

- 김현숙. (2021). 사별한 부모의 사망연령 시기를 맞은 중년여성의 죽음불안 체험에 관한 현상학적 연구. 숙명여자대학교 일반대학원 박사학위논문.

- 맹정현. (2015). 멜랑꼴리의 검은 마술. 서울: 책담.

- 박태균. (2003). 장례문화 개선에 대한 연구. 목원대학교 신학대학원 석사학위논문.

- 우영미. (2020). 기독중년여성의 상실경험에 관한 질적 사례연구. 총신대학교 일반대학원 박사학위논문.

- 이윤주, 조계화, 이현지. (2007). 사별에 관한 최근 연구동향 분석. 상담학 연구, 8, 839-857.

- 이혜지. (2019). 청소년기에 어머니와 사별한 한국 성인여성의 애도과정과 심리적 성장경험에 관한 질적 연구. 전남대학교 대학원 박사학위논문.

- 윤득형. (2017). 사별 애도를 위한 영적 돌봄과 의미 만들기 이론: 자녀를 잃은 부부의 사례를 중심으로. 신학과 실천, 53, 411-438.

- 최병찬. (2019). 사별자 치유를 위한 목회신학적 연구 –애도상담을 중심으로–. 한신대학교 신학대학원 박사학위논문.

- Elizabeth, K. R. (2014). 김소향 옮김. 상실수업. 서울: 인빅투스.

- Louise, H. & David, k. (2021). 치유수업. 이현숙 옮김. 서울: 센시오.

- Allan, H. C. (2017). 굿모닝. 윤득형 옮김. 소울: 신앙과 지성사.

- 윤득형. (2015). 슬픔학 개론. 서울: 샘솟는 기쁨.

- Alan D. Wolfelt. (2021). 애도의 여정에 동반하기. 윤득형 옮김. 서울: kmc.

- Cathy. P. (2018). 애도수업. 윤득형 옮김. 서울: 샘솟는 기쁨.

- 윤득형. (2020). 죽음의 품격. 서울: 늘봄.

- Viktor Frankl. (2020). 죽음의 수용소에서. 이시형 옮김. 서울: 청아출판사.

- 이어령. (2021). 딸에게 보내는 굿나잇 키스. 서울: 열림원.

오늘은
울어도
됩니다

초판 1쇄 발행   2023. 10. 27.

**지은이**   유혜진
**펴낸이**   김병호
**펴낸곳**   주식회사 바른북스

**편집진행**   황금주
**디자인**   최유리

**등록**   2019년 4월 3일 제2019-000040호
**주소**   서울시 성동구 연무장5길 9-16, 301호 (성수동2가, 블루스톤타워)
**대표전화**   070-7857-9719 | **경영지원**   02-3409-9719 | **팩스**   070-7610-9820

•바른북스는 여러분의 다양한 아이디어와 원고 투고를 설레는 마음으로 기다리고 있습니다.

**이메일**   barunbooks21@naver.com | **원고투고**   barunbooks21@naver.com
**홈페이지**   www.barunbooks.com | **공식 블로그**   blog.naver.com/barunbooks7
**공식 포스트**   post.naver.com/barunbooks7 | **페이스북**   facebook.com/barunbooks7

ⓒ 유혜진, 2023
ISBN 979-11-93341-66-7 03810